ALISSA WENZ

L'homme sans fil

ROMAN

DENOËL

Ce roman s'inspire librement
de personnes et de faits réels.

Vous vous en souvenez. Vous avez vu cette vidéo. C'était le 5 avril 2010. La vidéo s'appelait « *Collateral murder* », meurtre collatéral. Elle apparaissait sur le site WikiLeaks. Une vidéo en noir et blanc. Vous l'avez vue. Vous avez vu ces images prises d'un hélicoptère américain, à Bagdad, en 2007. Des images en noir et blanc, dans le viseur. Une grande croix menaçante au milieu du cadre. Des voix américaines commentaient les individus qu'elles observaient. Leurs cibles. « C'est une arme, il est armé. » Une autre voix américaine renchérissait. « Lui aussi, lui aussi, il est armé. » L'hélicoptère se trompait. Ce n'étaient pas des armes. C'étaient des appareils photo. Les hommes dans le viseur étaient des journalistes. Une voix disait, « Je vais tirer, on va tirer ». L'hélicoptère tournait autour des hommes. « On va tirer, il faut tirer. » Les hommes en noir et blanc ne se doutaient de rien. Ils parlaient, ils marchaient. Et puis l'hélicoptère a ouvert le feu. Les hommes ont disparu dans un nuage de fumée. On en voit certains être projetés au sol. « Hotel Two-Six Crazy Horze One-Eight. » Les voix américaines répètent cela. L'hélicoptère continue à tourner autour de la fumée. Le viseur cherche. Il cherche les rescapés. « Je vais les avoir », dit la voix américaine. « Hotel Two-Six Crazy Horze One-Eight. » La fumée est partout. Puis elle se dissipe. Des cadavres apparaissent au sol. « Regarde ces bâtards morts », dit la voix américaine. « Hotel Two-Six Crazy Horze One-Eight. » Oui. Ils sont morts. Le viseur plane encore au-dessus d'eux, l'hélicoptère continue à tourner. Vous avez vu ces cadavres en noir et blanc.

Vous avez entendu tous ces mots. « *Good shooting. Thank you* », dit la voix américaine dans l'hélicoptère. Les images continuent. Une camionnette approche, le viseur la suit. Des hommes en sortent. Ils aident un blessé. Ils le font entrer dans le véhicule. « Il faut tirer », martèle une des voix américaines. Ils demandent la permission d'ouvrir le feu. La permission leur est donnée. Ils tirent. Ils détruisent la camionnette, ils détruisent les hommes à l'intérieur. La fumée, à nouveau. De la poussière partout. Des enfants apparaissent. Les voix de l'hélicoptère continuent, implacables. « C'est leur faute s'ils emmènent leurs enfants à la guerre. » Tirer. Détruire.

Vous avez su ce qui s'était passé, là-bas, à Bagdad, ce jour-là, le 12 juillet 2007. Dix-huit personnes étaient mortes. Tous des civils. Tous des innocents. Deux journalistes de l'agence Reuters. Et puis, des blessés. Deux enfants. La rage déterminée, meurtrière, des voix aux commandes de l'hélicoptère américain. La soif de sang. C'était bien plus qu'une bavure. C'était toute la folie de la guerre contenue dans treize minutes quarante-cinq de vidéo en noir et blanc.

Nous étions le 5 avril 2010. Le site WikiLeaks a alors beaucoup fait parler de lui. La vidéo a fait scandale. Trois ans après les faits, on nous jetait l'inacceptable à la figure. Un massacre. La responsabilité des États-Unis. Qui savaient. Qui nous l'avaient caché.

Deux mois plus tard, les autorités américaines identifiaient l'homme qui avait transmis ce fichier confidentiel à WikiLeaks : il s'appelait Bradley Manning, c'était un jeune soldat américain. Il avait piraté des données informatiques à Bagdad et mis la main sur la vidéo, ainsi que sur 500 000 rapports militaires et 250 000 câbles diplomatiques américains classés secret-défense. Il voulait dénoncer des crimes de guerre, révéler le comportement assassin des États-Unis, leurs erreurs, leurs violences, les sévices infligés aux prisonniers. Il avait vingt-deux ans.

On l'arrêta pour « communication, transmission et envoi d'informations traitant de sécurité nationale à une source non autorisée ». La justice américaine ne plaisante pas avec la trahison : Bradley Manning risquait la prison à perpétuité. Peut-être même la peine de mort.

Vous avez vu circuler sur Internet ce visage poupon, souriant à l'excès, un peu rouquin, un peu rougeaud, aux dents blanches. Bradley Manning. Les passions se déchaînaient. On s'indignait. Un jeune homme à peine sorti de l'enfance s'était dressé contre la guerre, contre l'horreur, en dévoilant une barbarie honteusement passée sous silence par le gouvernement. Il avait voulu rendre le monde plus beau, plus pacifique, plus transparent. Il n'avait fait que divulguer la preuve d'une faute américaine, la culpabilité n'aurait pas dû être de son côté. Ce n'était pas juste.

Vous avez entendu parler des conditions effroyables dans lesquelles il semblait être détenu. On parlait d'« isolement carcéral maximal». Il se murmurait que ces conditions étaient proches de la torture. Les Nations unies elles-mêmes s'inquiétaient. Des voix cherchaient à se faire entendre, et parlaient de violation de la Constitution des États-Unis. Ce que l'on faisait subir à Bradley Manning semblait relever du cauchemar absolu.

Vous avez jeté une oreille au procès. C'était en 2013. La cour martiale lui assigna une peine de trente-cinq ans de prison. Bradley Manning avait alors vingt-cinq ans. Sa vie était réduite en morceaux.

Vous avez entendu parler de tout cela. Cela vous a intrigué, souvent, intéressé, parfois – révolté, les jours de grande colère contre le monde.

Peut-être n'avez-vous jamais entendu parler d'Adrian Lamo.

D'après les journaux, il était déjà mort depuis un certain temps quand on l'a trouvé. « Un certain temps ». On se demande, bien sûr, combien de jours exactement, on se demande ce qui a alerté l'entourage, était-ce l'odeur, le silence ? On se demande qui est allé parler à la directrice de l'établissement, lui faire part de ses interrogations, quel voisin, quelle voisine, une vieille dame peut-être. On se demande à quoi ressemblait cette résidence plutôt destinée aux personnes âgées, cette résidence qui aura été son dernier lieu de vie, on se demande si elle était aussi impersonnelle et grise que toutes les résidences. On se demande si la porte a été enfoncée, ou si la directrice a tout simplement utilisé son double de clés. On se demande à quoi ressemblait l'appartement, il devait être en désordre, oui, c'est sûr, il y avait des habits par terre, des chaussettes sales, et puis du bazar, un bazar affolant, des papiers, des emballages, des plaquettes de médicaments, des pilules et des poudres partout. Des monceaux de vaisselle sale. Des bouteilles d'alcool. On se demande où était le corps. Certains journalistes ont écrit qu'il était allongé sur un tas de vêtements. Qu'il y avait du sang sous ses ongles. Peut-être était-il par terre, en chaussures, recroquevillé sur le côté droit, en chien de fusil. Peut-être regardait-il le mur. Peut-être y avait-il des restes de repas sur la table, moisis. Des mouches.

« Un certain temps ». Si les journaux le disent ainsi, c'est probablement une façon d'adoucir la réalité. Il était sans doute mort depuis longtemps. Il n'avait plus le même visage, la même couleur, la même odeur. Il avait commencé à se décomposer, à disparaître. Ses joues étaient déjà bleues et comme mangées par le néant. Personne ne s'était inquiété de son silence. Personne.

Adrian Lamo avait une vie très isolée, comme on le dit parfois des personnes âgées. Il n'était pas âgé. Il venait d'avoir trente-sept ans.

Il habitait un petit appartement, une résidence de Wichita, dans le Kansas. Il était seul. Les médecins légistes qui ont examiné son corps ne sont pas parvenus à élucider les raisons de sa mort. Le mot qui a été employé était : « indéterminé ». Un journaliste a mis la main sur l'autopsie et en a divulgué le contenu principal. Il y avait un rapport de dix pages. Vous pouvez le lire. On le trouve facilement sur Internet. Le rapport indique : Adrian Lamo, dossier numéro 18-18-0749. On évoque le passé médical. Un trouble épileptique non spécifié, un trouble d'anxiété généralisée, un syndrome d'Asperger, un trouble dépressif majeur, des « abus de drogues et d'éthanol ». On dit qu'Adrian Lamo a été aperçu vivant pour la dernière fois le 3 mars 2018, et retrouvé mort le 14, onze jours plus tard, « dans un état de début de décomposition post mortem ». L'autopsie a été pratiquée le 15 mars. Le rapport énumère les parties de son corps, leur état, leur taille parfois. Le nez, les oreilles, le cou, le dos, entre autres, sont déclarés d'« aspect habituel ». Tout est parfaitement clinique. Des fragments. Une liste. Des chiffres. Le poids de son cerveau. « La langue est normale. » Les bouts de lui. De ce qui était : lui. « Les parties génitales sont celles d'un adulte de sexe masculin normal. » Le pancréas a une « apparence normale ». Tout semble avoir une apparence normale. Puis un bilan de toxicologie. Diverses substances nocives affichent un résultat positif. Étizolam, flubromazépam, diphénhydramine, chlorphéniramine, citalopram. Aucune de ces substances ne semble avoir été ingérée à une dose mortelle.

C'est alors qu'apparaît le chapitre « Interprétation ». Ici, le médecin s'exprime de manière personnelle. Il dit « je ». Il mouille sa chemise. Il écrit : « À mon avis, la mort d'Adrian Lamo est le résultat de raisons indéterminées. » Cet homme a pesé le cerveau d'Adrian Lamo, et il donne son avis. C'est son métier. Sa signature est apposée au bas du rapport.

Le rapport conclut à la possibilité d'une crise de type épileptique, mais aussi à la présence dans le sang d'Adrian Lamo de certaines drogues qualifiées d'« ésotériques », comme le flubromazépam, aux effets mal connus. Drogues, épilepsie, asphyxie ou arythmie cardiaque sont tour à tour évoquées à titre d'hypothèses.

À la fin du texte, le médecin légiste rend les armes : « La cause de la mort d'Adrian Lamo ne pouvant être fermement déterminée, il est préférable de déclarer les circonstances de cette mort également indéterminées. »

Adrian Lamo
Assistant de direction
Analyse des menaces / Enquêtes
Project Vigilant
70 Bates Street
Washington, DC.

C'est l'étiquette que l'on a trouvée sur le corps sans vie d'Adrian Lamo. Elle était collée sur sa cuisse. Sous ses vêtements, aplatie à même la peau.

Project Vigilant. La police a fait quelques recherches. C'est un mystérieux groupe fondé en 2010, un « prestataire du gouvernement », une « société secrète », lit-on çà et là. Une organisation de hackers prêts à surveiller Internet, à mobiliser leur talent pour fournir aux États-Unis des données confidentielles, privées, récoltées avec des méthodes plus ou moins légales. Intercepter des individus dangereux. Informer le gouvernement.

Le groupe est difficile à identifier, l'adresse de Washington ne correspond à rien. Depuis 2010, personne n'a plus entendu parler de Project Vigilant. Mais l'étiquette est là, collée sur sa cuisse.

On est en droit de se demander s'il existe un lien entre cette société secrète et la mort d'Adrian Lamo.

Dans l'avion qui l'emmène à Washington, Vera Keller regarde les nuages qu'elle domine. Elle pense à l'article qu'elle s'apprête à écrire. Elle voudrait qu'il soit beau, elle voudrait qu'il soit juste. Adrian Lamo, né le 20 février 1981 à Boston, Massachusetts, mort le 14 mars 2018 à Wichita, Kansas.

Vera Keller couvre la mort de cet homme, pour un journal important, et elle entend y mettre de son cœur et de sa personne.

Vera Keller aime les voyages, elle qui est née à Bruxelles, a étudié en Californie, puis en Chine, elle qui parle couramment le français, l'anglais et le mandarin. Peut-être est-ce cela qui l'interpelle chez Adrian Lamo, son goût des voyages, le fait qu'il ait grandi à Bogotá, qu'il parle l'espagnol aussi bien que l'anglais. Peut-être est-ce pour cela qu'elle veut savoir.

À Washington, le bus 92 la rapproche du 70 Bates Street. C'est dans le quartier de Truxton Circle. Une rue résidentielle, aux façades sagement alignées. Le 70 est une petite maison rouge, à étage unique, et d'abord ce rouge l'étonne, comme un signe, une chaleur. Elle franchit les deux marches du perron, et sonne.

Une dame ouvre la porte. Vera Keller prend son souffle.

« Adrian Lamo, est-ce que cela vous dit quelque chose ? »

MAI 2010

Conversation avec Bradley Manning

Les lettres s'affichent sur l'écran, une conversation du XXIe siècle, on appelle cela un tchat. Bradass87 commence. « Salut. » Bradass87 est tout seul dans l'échange. « Comment ça va ? » Personne ne répond. Il se présente. « Je suis un analyste du renseignement militaire, envoyé à l'est de Bagdad, sur le point d'être démobilisé pour "trouble de l'adaptation", au lieu de "trouble d'identité de genre". » Pas de réponse. « Tu dois être très occupé... » Toujours pas de réponse. Bradass87 continue : « Si tu avais un accès sans précédent à des réseaux classifiés, 14 heures par jour, 7 jours par semaine, pendant plus de 8 mois, qu'est-ce que tu ferais ? » Réponse automatique de info@adrianlamo.com : « Fatigué d'être fatigué. » Bradass87 écrit un simple point d'interrogation. Il ne comprend pas. Autres tentatives. Même réponse automatique de info@adrianlamo.com : « Fatigué d'être fatigué. » Son compte doit être configuré ainsi. Puis quelque chose se débloque. C'est le lendemain matin, il est 10 heures. Adrian Lamo doit accepter de lui répondre, d'entrer en relation. La conversation démarre vraiment. Bradass87 écrit : « Je suis dans une situation poisseuse... » Il enchaîne : « Ravi de faire ta connaissance, au fait. » Un temps. « Enchanté », répond enfin info@adrianlamo.com. « Moi aussi », renchérit Bradass87. Ça y est, la main virtuelle est serrée, le regard virtuel est échangé. Ça y est. Bradass87 n'est plus seul. « Je crois que je suis en train de sortir d'un cocon... Ça va prendre du temps, mais avec un peu de chance je ne serai plus un fantôme. » Info@adrianlamo.com a compris : « Tu parles d'identité de genre, j'imagine ? » Bradass87 acquiesce. Cela fait des années qu'il questionne son genre. « L'orientation sexuelle, je l'ai identifiée facilement. » Info@adrianlamo.com comprend. « Moi-même, je suis bi, et mon ex est trans. » Bradass87 rebondit immédiatement : « Je sais que tu es bi. » Bradass87 semble savoir beaucoup de choses d'Adrian Lamo, il a mené son enquête. Il sait à qui il s'adresse. Il ne l'a pas choisi au hasard. Il l'admire. Il admire ses hacks, ses talents informatiques, son passé de lanceur d'alerte, ses combats pour un monde de transparence. Il sait que c'est un défenseur de WikiLeaks. Il connaît ses interrogations sexuelles, qui résonnent avec les siennes. Il veut lui parler. Il veut lui dire. Il est seul à Bagdad, et il cherche quelqu'un à qui parler. Il a trouvé. Ce quelqu'un sera : Adrian Lamo. Parce qu'il comprend cet homme-là. Parce qu'il veut être compris de lui. Il le sait de manière intime, inébranlable : Adrian Lamo est une âme sœur.

« Je suis très isolé... Je suis dans le désert... Avec pour tous voisins un paquet de ploucs ignares hypervirils et fous de la gâchette... » Bradass87 raconte la vie militaire, le cauchemar ordinaire, le clairon glaçant des grands exils. « J'ai cherché à contacter quelqu'un qui pourrait me comprendre. » Bradass87 doit se rendre à l'économat, il demande si Adrian Lamo sera dans le coin d'ici trente ou quarante minutes. « Je le suis toujours », répond Adrian Lamo. Il précise : « Dans le coin, et compréhensif. Les deux. »

Bradass87 est revenu, vingt minutes à peine se sont écoulées. « Tu as fait vite », constate Adrian Lamo. Bradass87 se lance. Il veut se raconter. Dire : son identité. « J'imagine que je peux parler un peu de moi... Je veux dire que je n'ai rien à perdre... » Dire : ce qu'il est. Comprendre cette chose-là, cette existence-là, cette existence qui est la sienne et qui semble le dépasser, ou l'encombrer. Un aveu désordonné, intarissable, à peine entrecoupé de retours à la ligne. « J'étais quelqu'un de petit (je le suis toujours), très intelligent (je savais lire à trois ans, compter à quatre), très efféminé, et collé à un ordinateur dès ces âges-là (MS-Dos, Windows 3.1)... une cible parfaite au jardin d'enfants. » Nouveaux messages, nouvelles phrases. Une avalanche. « À la maison, c'était pareil... Un père riche (beaucoup de jolis jouets et de trucs informatiques), mais qui me maltraitait... » Retours à la ligne. Nouveaux messages. Se raconter. Se débarrasser. « Un jour, mon père qui était soûl s'est mis en colère parce que je le dérangeais avec mes devoirs pendant qu'il regardait la télé... Il est allé dans sa chambre, a sorti une carabine et m'a chassé de la maison... La porte était verrouillée, alors il m'a rattrapé avant que je puisse sortir... Ma mère lui a jeté une lampe à la figure... et j'ai commencé à me battre avec lui, je lui ai cassé le nez, et j'ai réussi à sortir de la maison... Mon père a tiré un ou deux coups, il a abîmé la maison mais n'a blessé personne, à part en me donnant des coups de ceinture pour me punir de l'avoir "forcé à tirer dans la maison". » Adrian Lamo aimerait répondre, mais les messages s'empilent. Avalanche, toujours. « Je n'ai aucune idée de ce que je suis en train de faire, écrit encore Bradass87, je suis tellement désolé. »

« Ne sois pas désolé, interrompt Adrian Lamo. Laisse-moi juste la possibilité de te lire. »

Bradass87 continue, au même rythme effréné. Se raconter, tout dire, essayer d'expliquer, essayer d'exister. L'armée, l'engagement : 2007. La sécurité du système informatique militaire : « superficielle ». Il explique : « 95 % de leurs efforts se concentrent sur la sécurité physique des réseaux classifiés. » Adrian Lamo ironise : « Je ne suis pas sûr qu'ils m'embaucheraient pour glandouiller là-dessus. »

« Question hypothétique... », risque alors Bradass87. « Si tu avais la main sur des réseaux classifiés pendant... disons, huit, neuf mois... et que tu voyais des choses incroyables, des choses horribles... qui appartiennent au domaine public, et non pas à un serveur rangé dans une salle obscure de Washington... qu'est-ce que tu ferais ? » Il continue. « Guantánamo, Bagram, Bucca, Taji... Des choses qui pourraient avoir un impact sur six ou sept milliards de personnes ? » Il continue encore. Il n'a pas peur de tomber le masque. « Disons... des données concernant 500 000 événements de la guerre en Irak... de 2004 à 2009... 250 000 documents de départements d'État, venant d'ambassades et de consulats du monde entier, expliquant comment le premier monde exploite le tiers-monde, en détail, d'un point de vue interne ? » Bradass87 parle seul, maintenant. Adrian Lamo l'écoute, ou plutôt le lit. « Disons simplement que *quelqu'un* que je connais intimement a infiltré les réseaux américains classés secret-défense... extrait des données comme celles dont je t'ai parlé... a trié les données, les a cryptées et téléchargées pour un Australien fou aux cheveux blancs qui ne semble pas pouvoir rester dans un pays très longtemps. » Très vite, Bradass87 précise : « Le type fou aux cheveux blancs = Julian Assange. »

Tout prend forme. Tout prend mots. Il ne cherche plus à se cacher :

« En d'autres termes... J'ai foutu un énorme bordel. »

1

SULLIVAN

« Adrian Lamo, je le vois dans un ascenseur. Un vieil ascenseur pourri. Je le connaissais à peine, ce type, il avait dix-huit ans à tout casser, ça devait être en 1999. Et donc, on est à San Francisco, on travaille pour le même cabinet d'avocats bénévole, et il y a cet ascenseur bringuebalant, tout le monde sait qu'un jour il va nous lâcher, tout le monde a peur de le prendre pour monter au bureau. L'ascenseur a toujours des petits hoquets, des soubresauts, et tout le monde se regarde, on fait des blagues pour détendre l'atmosphère mais on a vraiment peur que ça pète. Un jour, ça ne manque pas, l'ascenseur s'arrête entre deux étages. Et évidemment, il est tellement vieux qu'il n'a même pas de bouton d'assistance, seulement un appel d'urgence qui compose directement le 911. J'avais déjà croisé Adrian Lamo, mais ce jour-là, je le vois vraiment. On était trois dans l'ascenseur, Adrian Lamo nous regarde, et il lance : "On ne va quand même pas faire le 911 pour ça !" La dame et moi, on n'a même pas eu le temps de réagir. "On ne va pas faire le 911, mais on ne va pas non plus passer la journée ici", c'est ce qu'il a ajouté. Et le voilà qui escalade, hop, il grimpe sur une balustrade intérieure, il ouvre la trappe, il sort un couteau suisse – un couteau suisse ! Il cogne sur je ne sais quoi, on ne voyait plus bien, il était au-dessus de nous, on l'entendait taper. La dame et moi, on s'est regardés, mais qu'est-ce qu'il fait. Et tout à coup, l'ascenseur redémarre. Adrian Lamo descend, sourit, comme si de rien n'était, comme si c'était normal. Depuis ce jour-là, tout le monde au bureau l'a considéré comme une sorte de magicien. »

Dans sa chambre d'hôtel, à Washington, Vera Keller finit de retranscrire cette conversation enregistrée qui défile dans son casque. Pause. Lecture. Un autre témoignage, une nouvelle voix masculine.

« Je travaillais pour NBC Nightly News, le journal télévisé du soir, j'étais cadreur, nous avons fait un reportage sur lui et nous sommes venus le filmer au Kinko's. »

Vera Keller connaît les Kinko's, ces vastes boutiques de reprographie où l'on pouvait également venir connecter son ordinateur pour travailler, du temps des cybercafés, du temps du monde sans Wi-Fi.

« Il avait vingt ans. Il était très gentil, presque timide. Discret en tout cas, pas prétentieux. Il était attablé au Kinko's, sur son propre ordinateur, et il faisait une démonstration : il nous prouvait ce qu'il était capable de faire, ce qu'il faisait à l'époque. Il était en train de hacker le réseau privé d'une entreprise de télécommunications. Moi, je filmais tout. "Je ne vais pas leur nuire, précisait-il, je vais juste leur signaler qu'il y a des failles dans leur système, et proposer de les aider à les réparer, gratuitement." Et soudain, le journaliste lui a dit : "Je voudrais vous mettre au défi. Je voudrais vous donner cinq minutes montre en main pour hacker notre chaîne. Pour hacker NBC. Devant notre caméra. Devant nos téléspectateurs."

Adrian Lamo n'était pas au courant. Je le sais, le journaliste voulait lui faire la surprise, il me l'avait dit. Adrian Lamo a été surpris, il y a eu un petit temps de flottement, et puis il a dit : "D'accord."

Et il s'est jeté sur le clavier. Je continuais à filmer. Au Kinko's, les gens ont perçu qu'il se passait quelque chose d'étrange, certains avaient entendu, ils expliquaient aux autres, "il hacke la télévision, il hacke NBC". Quelqu'un a dit : "Il ne va quand même pas y arriver, c'est impossible." Les gens se sont approchés. La curiosité, vous savez. Et je crois que le journaliste a commencé à avoir peur, à sentir que la situation lui échappait, il s'est tourné vers moi, il a murmuré, "Qu'est-ce qu'on fait s'il y arrive". Le temps défilait, quatre minutes, trois minutes. Adrian Lamo était toujours affairé sur son clavier, les gens retenaient leur souffle. Il cherchait. Il se dépêchait. Cette concentration dans le regard, je crois que je ne l'ai jamais recroisée chez personne. Deux minutes. "Il va le faire, a dit quelqu'un au Kinko's, il va y arriver." Une minute. Trente secondes.

"Voilà." C'est tout ce qu'il a dit. Voilà.

"J'ai deviné le dernier mot de passe. Et voilà."

J'ai filmé l'écran.

Il surfait sur la plate-forme privée de la chaîne, cette chaîne qui était mon employeur. Il avait réussi, in extremis, un miracle. Il parcourait nos messageries professionnelles,

les mails de tous les journalistes, de tous les techniciens. Et, dans une autre fenêtre, des mémos internes, des données secrètes, des informations sur les tarifs publicitaires. Des lettres en capitales :

“TOUTES LES INFORMATIONS CONTENUES SUR CETTE PAGE SONT STRICTEMENT CONFIDENTIELLES.”

À l’époque, nous filmions sur des cassettes. La cassette a été envoyée en urgence aux programmateurs. Elle devait être diffusée le lendemain. NBC diffusant son propre hacking, un tour de force.

Le reportage est resté dans un tiroir. Au dernier moment, il a été déprogrammé. Les avocats, paraît-il. Ils s’y sont opposés. Ils avaient peur que ce soit considéré comme illégal. En quoi est-ce que ça aurait été illégal ? Adrian Lamo avait agi à la demande du journaliste, il n’avait rien fait de mal. Avaient-ils peur qu’on leur reproche d’avoir lancé ce défi ? Ils auraient dû prendre le risque. Adrian Lamo en prenait, lui, des risques. »

Vera Keller interrompt son écoute. Elle inspecte les numéros de téléphone notés dans son carnet, cette liste, *personnes qui ont connu Adrian Lamo.* Il y en a encore beaucoup à appeler.

Il y a Sullivan. Elle cherche à le joindre depuis plusieurs jours. Appeler quelqu’un, par les temps qui courent et courent toujours, c’est un peu comme jouer à la loterie. Mais aujourd’hui, elle a un bon pressentiment : elle pense que Sullivan va lui répondre.

La première fois que Sullivan a rencontré Adrian Lamo, c'était en 2001, dans un autocar de la compagnie Greyhound. Dès l'embarquement il l'avait aperçu, à la gare routière, et pourtant ils étaient nombreux dans la file d'attente. Mais il y avait quelque chose en lui qui faisait que. Comment dire. Qu'on le remarquait. Il y a des gens que l'on remarque, dit Sullivan à Vera Keller, immédiatement, des gens qui détonnent, qui étonnent, vous ne trouvez pas ? Sullivan a pensé qu'il ressemblait à un comédien, mais le nom lui échappait. Un jeune premier, certainement. C'était quelque chose dans le regard, ce regard très bleu, un peu absent. Il avait vingt ans, un sac à dos défraîchi, des vêtements trop larges pour lui, des chaussures qui avaient l'air de marcher depuis longtemps.

Le car reliait Wichita à New York, avec des escales, et Sullivan revenait d'un séjour chez ses parents. Ils n'ont pas été assis côte à côte. La rencontre est advenue plus tard, sur une aire d'autoroute, au hasard d'une pause. Ils ont bu un café à la machine, ils ont échangé quelques mots. C'est là que Sullivan a compris. Ils avaient le même âge, Sullivan était un étudiant sérieux, il a expliqué ses études d'économie à Columbia, et puis il a demandé à Adrian Lamo : « Et toi, tu es étudiant aussi ? »

Adrian Lamo n'était pas étudiant.

Il a répondu : « Non. Moi, je détecte des failles dans les systèmes informatiques des entreprises. Récemment, j'ai pris le contrôle de Yahoo pour modifier leurs dépêches. Tu connais Dmitry Sklyarov, le Russe que les États-Unis accusent d'avoir violé la loi sur le copyright ? Yahoo disait qu'il risquait vingt-cinq ans de prison. J'ai modifié, j'ai écrit qu'il risquait la peine de mort, ce qui est faux. Je ne me suis pas caché, je leur ai raconté ce que j'avais fait. Je propose même de les aider à réparer leurs failles. Je ne demande pas d'argent. Je veux juste qu'ils comprennent que ces failles les mettent en danger, et qu'ils réagissent. Évidemment, ils peuvent me poursuivre en justice, mais je ne comprendrais pas l'intérêt. Je préfère dire que c'est moi, alerter les médias, je pense que ça diminue les risques, ils n'osent plus m'attaquer, tu comprends, ils ont trop à perdre, car les médias voient bien que je ne cherche pas à nuire, qu'au contraire je cherche à les aider. Voilà, c'est comme ça que j'occupe mon temps. Je reconnais que ce n'est pas la façon la plus sûre de le faire. »

Un sourire gamin a échappé à Adrian Lamo, une malice. Sullivan a repris un café, cloué par un silence qui racontait à la fois la stupeur et l'admiration.

L'autocar s'apprêtait à redémarrer et, cette fois, ils se sont assis l'un à côté de l'autre. La conversation s'est poursuivie et Sullivan a bientôt compris qu'Adrian Lamo, avec sa maigreur et ses vêtements élimés, n'était pas seulement un hacker à la notoriété internationale, mais aussi un vagabond, un sans domicile fixe – un homme qui voyageait de ville en ville, avec son seul ordinateur, sans jamais savoir où il passerait la nuit, ni où il se laverait, sans manger à sa faim, sans dormir au chaud.

Il avait des parents, oui. Ils venaient de déménager près de Sacramento. Adrian Lamo avait préféré ne pas les suivre, et partir vivre sa propre vie.

Il avait eu de l'argent aussi, un jour, et même un appartement à San Francisco, qui donnait sur la baie, et depuis lequel il apercevait le fastueux pont du Golden Gate. À cette époque, son employeur lui demandait de balancer tout ami ou contact flirtant avec l'illégalité informatique. Il ne voulait pas devenir un homme comme cela. Il avait planté son patron et s'était acheté son premier billet Greyhound, pour parcourir le pays, sans relâche, et sans comptes à rendre à personne.

De ce voyage en autocar, Sullivan a gardé le souvenir d'une complicité enfantine, celle des antiques sorties scolaires, des camaraderies buissonnières.

Quand il était petit garçon, avait confié Adrian Lamo à Sullivan, il s'amusait à déconstruire tous ses jouets électroniques, même ses lampes de poche, pour essayer de fabriquer des objets nouveaux à partir des pièces détachées. « En général, j'échouais, mais parfois, j'arrivais à bricoler quelque chose de marrant. »

Sullivan et Adrian Lamo ne se sont pas quittés sans échanger leurs mails. « Viens me voir, si tu passes à New York, a proposé Sullivan. Je t'hébergerai, si tu veux. »

C'est une autre aire d'autoroute, un autre autocar Greyhound, un autre ailleurs.

Il est entré dans cette cabine téléphonique et il a composé le numéro griffonné à la hâte sur un bout de papier volatile. Il tremblait un peu. La voix de sa mère a décroché, « Allô », et aussitôt un sentiment intense et chaotique s'est emparé de lui. Il s'est demandé si c'était de la tristesse, peut-être même du regret – il ne l'avait pas vue depuis si longtemps, elle lui manquait tellement, et pourtant ce choix était le sien, il avait tout désiré de cette vie, tout espéré, la radicalité, le dénuement, et même la solitude. « C'est moi, maman », a-t-il simplement dit, et à la façon dont sa mère a prononcé son prénom d'enfance, à la façon dont elle s'est pâmée de joie, il a compris que c'était seulement de l'amour. Ils ont parlé avec prévenance, comme le font les êtres qui ont la douceur facile, et la mère a proposé de lui envoyer de la soupe par courrier, une bonne soupe, butternut, cheddar, sa préférée. Adrian Lamo l'a remerciée, il a accepté de recevoir un colis en poste restante à Boston, où il se rendait, et dans un rire il a conseillé à sa mère de bien fermer le bocal pour ne pas incommoder les facteurs. Ils ont imaginé les employés de poste les mains pleines de cheddar, ils ont ri, la mère a promis d'ajouter des éclats d'amande et de la crème, comme il l'aime, Adrian Lamo a craint que les produits laitiers ne traversent difficilement le pays, elle a revu sa recette. Quand ils ont raccroché, quand il est ressorti de la cabine téléphonique, il se sentait à la fois léger et entouré – voilà, pensait-il, voilà ce à quoi chaque être humain devrait avoir droit, la liberté sans l'isolement, et l'amour sans l'étouffement.

Adrian Lamo a les cheveux bruns et courts, presque ras. Sa veste béante flotte le long de son corps frêle, de son corps de paille. De loin, on pourrait penser qu'il va s'envoler. Le nez est droit, décidé, long. Le teint, exsangue. Les sourcils forment deux traits parfaitement horizontaux qui disent eux aussi la détermination ; la bouche est délicate, presque féminine. Il y a de la noblesse dans son port de tête, dans son regard. Le menton est toujours relevé, comme un défi, une ambition que ne traverserait pas la moindre indulgence. Le gris-vert pâle de ses yeux raconte une sorte de refus de la médiocrité, la soif de quelque chose de plus fort, de plus haut, la soif de l'azur.

Il a repris place dans le car, il contemple à ses côtés la route qui défile, il se laisse envoûter par le paysage, la vitesse, les couleurs qui se mélangent, se fondent. Il a vingt ans et devant lui la vie n'est faite que de possibles.

Il est arrivé à Boston et il marche. Il aime marcher, une des choses qu'il préfère au monde, avec la soupe butternut et les ordinateurs. Il aime ne pas savoir où il va, sentir que quelque chose peut lui arriver, quelque chose de brûlant, un événement, une rencontre, l'anodin et le grandiose, savoir que la surprise peut surgir à tout instant, à chaque coin de rue, à chaque regard croisé. Marcher, regarder, autoriser les pensées à vaguer, être disponible à tout, tout le temps. C'est précisément cela qu'il recherche, et qu'il atteint, dans la cadence si particulière de ces villes qu'il découvre les unes après les autres : un état de disponibilité au monde, d'accueil bienheureux, un état de reconnaissance absolue. La beauté de ces femmes, de ces hommes, la beauté de ces rues.

Il s'approche d'un immeuble en ruine, abandonné depuis des décennies peut-être. Il entre. Il s'engage dans des couloirs fantomatiques. Le vent s'y engouffre, faisant vibrer des bâches qui ont été tendues sur certaines ouvertures. Fenêtres brisées, tags sur les murs, bouteilles de bière vides au sol, mégots. Les couloirs n'ont pas de fin. C'est un rêve, quelque chose comme un rêve. Le vent agite des bouts de rideaux blancs, çà et là, le vent raconte quelque chose, un murmure.

La nuit est tombée, maintenant. Adrian Lamo sort sa lampe torche. Il débusque une pièce, des murs effrités. Il s'installe, il pose son gros sac à dos. Une couverture, deux ou trois vêtements, un Taser, un ordinateur : c'est tout ce qu'il possède. La couverture est usée. Il a faim. Il fait froid. Il s'en moque. Ça ne compte pas. Les gémissements du vent, la nuit désaffectée, les ruines, forment une poésie qui dépasse et anéantit tous les besoins de la chair.

S'amarrer dans des villes inconnues, ne pas savoir où il va dormir, voilà ce qu'il aime. L'exaltation du nouveau. C'est exactement ce qu'il ressent quand il entre dans des réseaux informatiques. Oui, c'est la même chose, se dit-il, c'est un acte de foi.

Il saisit son ordinateur portable, un Toshiba vieux de huit ans, passablement déglingué. Six touches manquent à son clavier. Il s'en moque aussi. Il se débrouille sans. Il est assis en tailleur, au centre de la pièce croulante, le Toshiba sur les genoux, le bleu de l'écran pour toute lumière.

Il pianote. Il s'enivre.

Les journaux l'appellent ainsi : *le hacker sans abri*.

À Philadelphie, Adrian Lamo a élu domicile dans un bâtiment abandonné, sous le pont Benjamin-Franklin. Il dort sur du ciment. Il n'a jamais aimé les draps. Tous les matins, il est réveillé à six heures par le métro qui passe au-dessus de sa tête dans un fracas peu commun. Cela lui plaît ; la journée s'offre à lui, il a toujours été plus efficace dans le travail matinal. Le local désaffecté possède un autre avantage : sur un toit, près du pont, un panneau lumineux lui permet d'obtenir facilement de l'électricité. Il profite avec bonheur du lever de soleil, de la chaleur naissante sur ses paupières. Il se lave dans les toilettes du Starbucks, et cela lui suffit. Le café de ce même Starbucks, le bruit rassurant de la machine, le carton modique à ses lèvres, cela lui suffit. Il marche dans des rues qui ne le regardent pas, qui le laissent exister comme il l'entend, et il cherche une connexion Wi-Fi, souvent difficile à dénicher, car l'usage en est encore peu habituel au début des années 2000.

Avant cela, avant l'avènement du Wi-Fi, Adrian Lamo opérait volontiers dans des cybercafés, ou dans des magasins

Kinko's, en utilisant leurs postes d'impression. Il connectait son ordinateur comme le font ceux qui souhaitent imprimer leurs travaux, mais restait des heures, des heures. Personne ne lui a jamais demandé de partir, au cours de ses centaines de longues visites, dans tous les magasins de toutes les villes. Personne ne se demandait ce qu'il faisait sur son écran. Personne ne se doutait. Il adorait les Kinko's, il les fréquente encore régulièrement. La seule chose qu'il regrette, c'est que tous les magasins ne soient pas équipés de toilettes. Mais peu importe : pour se laver, il y a toujours eu les Starbucks.

À Philadelphie, Adrian Lamo a détecté du Wi-Fi à l'extrémité d'un banc public. C'est devenu son bureau de fortune. En général, c'est le premier endroit où il fait halte le matin.

« Votre mère, elle a bien une adresse mail ? » demande un jour Adrian Lamo à Tony. Il a rencontré Tony au hasard de ce banc. La quarantaine barbue et bedonnante, burinée, Tony est un vagabond, pourrait-on dire, un homme de la rue, qui partage sa vie entre bière et attente, entre grâce et misère. Adrian Lamo n'éprouve pour lui aucune forme de mépris, ni même de pitié. Il l'accueille, comme il accueille tout et tout le monde dans son existence sans afféterie. Tony est son égal : c'est bien cela qu'il est, lui aussi. Un vagabond. Il y a d'autres mots, bien sûr. SDF, clochard, sans-logis. Adrian Lamo n'aime aucun de ces mots, trop sociologiques, trop administratifs, des mots de nantis, des mots de moralistes. Le nom qu'il préfère est celui de vagabond, qui raconte seulement le voyage.

Tony se sent en confiance, il sait qu'Adrian Lamo lui ressemble, il sait qu'avec lui il ne sera jamais jugé. Pourtant, son aisance sociale, ses talents informatiques et son ardeur un peu illuminée en font un être à part, un allié insolite. Il a proposé d'aider Tony, de le mettre en contact avec sa famille, de retrouver les coordonnées de sa mère. Il ne se contente pas de proposer : Adrian Lamo est un homme de parole. Bientôt, il invite Tony à s'asseoir à côté de lui, derrière l'ordinateur, sur le rebord de la banque, et ouvre un message à l'intention de sa mère, dont il a dérobé l'adresse en quelques clics. Il l'aide même à rédiger le mail, à l'envoyer. « Ma chère maman. » Il saisit le clavier. « Je t'embrasse de toute mon affection. » Il signe : « Tony. » Les yeux de Tony renouent avec l'enfance.

Bientôt, Tony raconte cette histoire aux autres vagabonds, et Adrian Lamo devient le spécialiste des correspondances familiales, à la fois détective, pirate et écrivain public. Il retrouve des adresses mail, il écrit avec eux, pour eux, il leur restitue leurs passés, leurs tendresses. Soudain, grâce à lui, les gens de la rue reprennent contact avec leurs sœurs, leurs neveux, avec les amis d'autrefois. Ils donnent des nouvelles, ils en reçoivent, ils prennent des rendez-vous, ils vont revoir le monde. Ils vouent à Adrian Lamo une reconnaissance émue. Avec lui, grâce à lui, ils n'ont plus peur de dire ce qu'ils sont devenus. Ils n'ont plus peur de parler à ceux qui les aimaient, ils n'ont plus peur de décevoir. Ils espèrent des retrouvailles. C'est une résurrection, il les ramène à la vie, au partage. Il fait cette chose-là, cette chose improbable. Il les arrache à la solitude. Il les arrache à la honte.

Adrian Lamo est aimé de ces hommes, mais il n'en tire aucune gloire personnelle. Puisqu'il sait y faire avec les ordinateurs, pourquoi ne mettrait-il pas ses talents au service de ceux qui en ont besoin ?

À Philadelphie, Adrian Lamo pense que le surnom de *hacker sans abri* lui va comme un gant, et qu'il vit en parfaite adéquation avec lui-même. À Philadelphie, Adrian Lamo pense qu'il a trouvé l'endroit de son bonheur, là, dans les marges du cahier, et que sa vie sera un éternel voyage. À Philadelphie, Adrian Lamo mesure sa chance.

Une gare routière, déserte. Dans un recoin, seul, invisible, Adrian Lamo s'acharne sur un distributeur de confiseries. Dans sa main, un Taser. Il s'assure que personne ne passe à côté de lui, puis tire sur la machine, une fois, deux fois. Il réussit à en extirper une barre chocolatée. Vite, ranger le Taser dans le sac à dos.

Seul parmi les vestiges d'un autre immeuble sans vie, emmitouflé dans sa couverture, il sort de sa poche le butin de sucre, qu'il avale à la lumière du vieux Toshiba. Rien sur son visage n'évoque l'inquiétude, encore moins la douleur. L'ascèse est sa légèreté.

Il va où son désir le veut.

Demain, il courra vite, très vite, le long d'une route de campagne, pour attraper de justesse un car qui l'emmènera vers une autre ville, une autre vie.

On pourrait dire d'Adrian Lamo qu'il est un homme libre.

AOL, WorldCom, Excite@Home. Les hacks se succèdent, brillants. Il subtilise des fichiers, des coordonnées, il transfère à des clients mécontents les correspondances privées qui concernent leurs réclamations. Les entreprises le détestent, mais le remercient. Cela fait maintenant plus d'un an qu'Adrian Lamo a quitté ses parents. À San Francisco, on le retrouve dans une bibliothèque universitaire. Au milieu des étudiants happés par leurs notes, leurs livres, dans un silence zélé, concentré. Lui aussi, il apprend, bien sûr. Lui aussi, il fait des recherches, il étudie. Lui aussi, il est jeune. Il leur ressemble à s'y méprendre.

Comme toujours, les endroits publics ont sa préférence. Il crée de fausses identités, de faux mots de passe. Autour de lui, les gens envoient des mails classiques, recherchent des informations classiques. Lui, il s'attaque à des grands, aux plus grands, Microsoft, aujourd'hui. Et pourquoi pas Microsoft ? Il y parvient. Il hacke Microsoft. Puis il ferme sa connexion, sa session, reprend son sac à dos et quitte la bibliothèque universitaire dans un anonymat total. Souvent, il dit au revoir à la bibliothécaire, c'est un garçon poli, on ne fait pas attention à ses vêtements troués, on n'entend pas son estomac qui réclame son dû, on le croit comme les autres, un étudiant sérieux, un bon élève promis à une jolie carrière, personne ne pourrait deviner. Il traverse des rues paisibles et indifférentes, et il retourne à son immeuble, à la faim, au froid. Il songe à sa prochaine cible. Le *New York Times*, pense-t-il. Ce serait drôle, ça, le *New York Times*. Il dérobera leurs données les plus confidentielles. Il les préviendra, il prévient toujours, il n'a rien à cacher. Il leur démontrera la vulnérabilité de leur système, le danger auquel ils s'exposent. Ils seront vexés, sans doute – mais il les aidera. Pourquoi lui en voudraient-ils ? Grâce à lui, ils amélioreront leur protection, gratuitement.

C'est un jeu. Adrian Lamo, avec le temps, est resté très joueur.

D'est en ouest, et d'ouest en est, le voici à Baltimore, dans une ancienne usine de gypse, entre chien et loup. Adrian Lamo est accompagné de deux hommes de son âge, tout aussi maigres, tout aussi jeunes, vingt ans. Ils arpentent l'usine délabrée, grimpent sur les ruines, ils déconnent, ils vont déconner, leurs rires trop sonores racontent ce point d'ivresse où l'euphorie menace à tout instant de basculer vers le drame. En réalité, ils sont shootés aux amphétamines. Ils planent. Ils en ont pris trop. Ils ont le teint trop blanc. Ils rient mais ils pourraient s'énerver, se battre. Ils escaladent des lambeaux d'escaliers, marchent sur des planchers décomposés, funambules sur des murs en miettes, ils pourraient tomber, ils pourraient se briser. Ils rient de plus en plus fort. Soudain, une sirène. C'est une voiture de police. L'un des types crie, « Merde, merde, putain, c'est les flics, barrez-vous », l'autre écoute, regarde, oui, il a raison, la lumière bleue sur la voiture blanche, ça ne trompe pas, ce sont eux, « Vite, faut se barrer, putain ». Les deux hommes ont déjà détalé. « Viens Lamo, viens ! »

Adrian Lamo ne bouge pas. « Qu'est-ce que tu fous bordel ? » Il est là, debout, au milieu de l'usine ou de ce qu'il en reste. Il tend l'oreille. Il a entendu quelque chose, autre chose que la sirène. Cela ressemble à un couinement, une plainte légère, presque une mélodie. Il écoute. Au loin un cri résonne encore, « Grouille-toi putain », des pas qui courent et disparaissent, et déjà les deux hommes se sont évaporés. Adrian Lamo est seul, le gyrophare tourbillonne sur son visage cireux.

Ça y est, il a trouvé. Le couinement provient d'une bouche d'égout et, en baissant les yeux vers la grille au sol, il aperçoit un chaton qui miaule à s'en briser la voix, perdu sur un monceau d'ordures. Une lampe torche se braque sur Adrian Lamo, « Contrôle de police, papiers, s'il vous plaît ». Il relève ses yeux d'ange, prend sa voix la plus innocente, « Je suis bien content que vous soyez là, monsieur l'agent », il sourit, il continue, « Oh oui, je suis drôlement content, vous tombez à pic », on lui donnerait le bon Dieu sans confession, « Il y a un chaton qui est coincé là, sous la grille, vous voyez ? ». Le policier abaisse la lampe torche, oui, le chaton est là, dans ses miaulements de désespoir. « Vous pouvez m'aider à le récupérer ? » demande Adrian Lamo. « S'il vous plaît. » Le policier hésite un instant. Lard, ou cochon ?

Mais le chaton est bien réel, et appelle à l'aide. Mignon comme un cœur, et tellement démuni – de quoi faire chavirer les vocations les plus autoritaires.

Le policier regarde encore. Miaulement déchirant. Il craque.

Il retrousse ses manches. Il s'attaque à la grille. Elle résiste. Il insiste. Elle résiste encore. Interminables gémissements du félin. Le policier prend alors une voix adorable, une voix de voisin aidant, généreux, et déclare : « Je vais demander du renfort. »

Adrian Lamo rit aux éclats en racontant cette histoire à Sullivan, qu'il a retrouvé à New York ce soir. « Il y avait un cercle de voitures de police, des projecteurs, et moi, un cybercriminel presque célèbre, et tout le monde travaillait de concert pour essayer de sortir le chaton de l'égout. »

Ils s'ouvrent une autre bière, debout dans la cuisine américaine, « Et voilà, conclut Adrian Lamo, voilà Alibi, c'est comme ça que je l'ai appelé ».

Derrière le bar, il aide Sullivan à découper des légumes pour le plat en sauce qu'il prépare, car c'est lui qui régale ce soir, « Attention avec le couteau, dit Sullivan, attention, ne laisse pas traîner des bouts de doigts dans les légumes, je suis végétarien ».

Alibi ponctue cette recommandation d'un petit miaulement.

« Ça ne te dérange pas que je sois venu avec le chat ? »

Cela ne dérange pas Sullivan. Au contraire. Il éprouve une sorte de reconnaissance, lui qui est si sage, si casanier. Si *quotidien*, pense-t-il – oui, s'il devait se définir, Sullivan dirait qu'il est quotidien, et il le regrette. Mais dans sa petite chambre d'étudiant, près de Columbia, il sait que, ce soir, en présence d'Adrian Lamo, il oubliera jusqu'au sens du mot ennui.

Il ne se trompe pas. En échange du gîte et du couvert, Adrian Lamo ne propose pas d'argent à Sullivan. Il propose autre chose. Une surprise. Une soirée étonnante. Il offre à Sullivan de le suivre vers un mystère. « On y va ? Tu es prêt ? »

Sullivan ignore tout de ce qui l'attend, mais il est prêt.

Le métro trébuche, ils sont seuls dans la rame noctambule, aux reflets mouvants. Station Wall Street. Descendre. Suivre Adrian Lamo. Wall Street. Tiffany. Cartier. Ne pas savoir.

Un immeuble. Un couteau suisse. Un digicode. Entrer. Tout est désert, tout est enfoui dans l'obscurité, dans l'absence. Des bureaux, d'habitude, pense Sullivan. Des bureaux où les gens travaillent. Adrian Lamo sort une lampe torche. Les chaises vacantes, les comptoirs délaissés, les ordinateurs éteints. Ne pas savoir. L'ascenseur. Suivre Adrian Lamo. Monter au vingt-cinquième étage. L'ascenseur s'ouvre. Le couloir, sombre, et le faisceau qui le balaie, à gauche, à droite, et à gauche, et à droite. Ils sont seuls. Sullivan n'a pas compris comment, par quel miracle. Le couteau suisse, le digicode, il n'aura jamais d'explication. Il sait, lui aussi, qu'Adrian Lamo est une sorte de magicien. La nuit, le silence, ont englouti les locaux. Les bureaux sont vides, ramenés à leur insignifiance. Ils pensent à toutes les fourmis qui s'y agitent en journée, et qui maintenant sont retournées à leur vie de famille, à la chaleur des affections enracinées, indiscutables.

Ils dominent New York. À travers les larges baies vitrées, ils observent les lumières de la ville, et les milliers d'intimités nocturnes que tous ces petits points racontent. Tout ce qui se passe derrière ces fenêtres, derrière les portes. Tout ce qu'on ne saura jamais.

« Est-ce que tu crois que les gens sont heureux ? » ne peut s'empêcher de demander Sullivan.

À Washington, Adrian Lamo a fait la connaissance de Bow, qui l'héberge à son tour, et pour le remercier de son accueil il l'emmène vers un nouveau prodige : les rues de l'autre monde, du monde souterrain. Les égouts de la ville.

Les pas résonnent dans un fracas d'eau et de métal. « Ce n'est pas banal », hasarde Bow, un grand jeune homme, deux mètres de haut, la tête dans les chimères. Bow est étudiant, il écrit, il rêve. Il aime la poésie, la beauté ; le reste lui importe peu.

Non, ce qu'Adrian Lamo propose n'est décidément pas banal. Les égouts de Washington se déclinent en tunnels dans lesquels les deux hommes avancent vers l'infini. Les interminables tuyaux qui le jalonnent en font une sorte d'orgue géant, à la fois instrument de musique et vastes intestins, les entrailles de la ville retentissent de leur trivialité et de leur poésie mêlées. Le plafond est bas, l'eau dégouline massivement, formant une nappe tumultueuse au sol, où se reflètent des lueurs incertaines. Devant cette vision éthérée, étourdissante, Bow songe à ces mots de Walt Whitman, qu'il récite à Adrian Lamo dans un murmure :

Des pensées, de silencieuses pensées de Temps, d'Espace et de Mort, s'écoulant comme de l'eau, me portent vraiment comme à travers des contrées infinies [...].
Lève l'ancre à l'instant !
Coupe les amarres — hale les bouts — largue une à une chaque voile !
Prends le large !

Adrian Lamo pense à ses prochains voyages. Sa vie, se dit-il, sa vie ne sera faite que de jeunesse. Il invite Bow à poursuivre le poème, et le ventre de la ville résonne d'un espoir éperdu.

Téméraire, ô mon âme, dans tes explorations, moi avec toi et toi avec moi,
Car nous sommes en partance pour ces lieux où aucun marin n'a encore jamais osé aller,
Et nous risquerons le navire, nous-mêmes et tout le reste.
Ô mon âme valeureuse !
Oh, vogue, vogue plus loin !
Ô joie audacieuse mais sûre ! Les mers ne sont-elles pas toutes de Dieu ?
Oh, vogue, vogue plus loin !

« Il n'acceptait jamais d'argent de personne, assure Sullivan au téléphone, par-delà les centaines de kilomètres qui le séparent de Vera Keller. Il ne cherchait pas l'argent, il vivait sans dépenses, il ne possédait rien, il ne souhaitait rien posséder, vous comprenez. Il aurait pu demander de l'argent à Yahoo, à tous ces gens, il ne l'a jamais fait. Il ne cherchait pas à être riche, il cherchait seulement à être heureux, ou en cohérence avec lui-même, quelque chose comme cela.

Il ne cherchait pas non plus la gloire. Quand des journaux disaient qu'il était "le plus grand hacker du monde", il ne le supportait pas. Il ne voulait pas être adulé. Il ne voulait pas être pris comme modèle. Il voulait juste vivre comme il l'entendait.

Alibi, le chat, il me l'a confié. Il ne pouvait pas le prendre, avec cette vie, bien sûr. Je l'ai gardé pendant cinq ans. Je l'aimais bien. Un chat tigré, un peu sauvage, très indépendant, mais très affectueux.

Et puis un jour, il s'est enfui, et il n'est jamais revenu. »

MAI 2010
Conversation avec Bradley Manning

Adrian Lamo a de la dynamite entre les mains. Comme le monde entier, il a suivi le scandale, la vidéo « *Collateral murder* » mise en ligne par le fondateur de WikiLeaks, Julian Assange, l'homme aux cheveux blancs. Il a suivi la dénonciation de l'armée américaine, l'évidence de ses crimes. Comme le monde entier, il s'est posé la question : qui est à l'origine de cette fuite ? Comment des documents aussi confidentiels sont-ils parvenus à WikiLeaks ? Qui a su, qui a pu ? WikiLeaks protège parfaitement ses sources. Alors comment savoir ?

Maintenant, il sait.

Le monde entier ignore – mais lui, il sait.

C'est un jour de printemps. Bradley Manning a vingt-deux ans. Adrian Lamo en a vingt-neuf, presque trente, regrette-t-il chaque jour, et il s'avance vers la maturité comme vers une guillotine.

Il retourne à l'ordinateur. Il ouvre à nouveau la fenêtre de conversation, le tchat avec Bradley Manning, il renoue avec Bagdad, il traverse à nouveau l'océan, c'est comme une addiction, cette conversation, c'est une ivresse nouvelle, l'ivresse du partage, et pourtant ils ne se sont jamais vus – c'est peut-être précisément cela qui est grisant, comme peuvent l'être les sites de rencontre, les applications, on se confie mieux quand on ne se voit pas, on ose davantage dans le noir, la grande obscurité du virtuel.

Bradass87 écrit : « Je ne crois plus que le monde se partage entre les gentils et les méchants. Il n'y a qu'une pléthore d'États qui agissent dans leur propre intérêt... Avec différents niveaux d'éthique et de critères moraux, bien sûr, mais toujours dans leur propre intérêt... » Il dit tout ce qu'il a sur le cœur. Il ne s'arrête plus d'écrire. « Il y en a tellement... Ça affecte tout le monde sur terre... Partout où il y a un poste américain... il y a un scandale diplomatique qui va être révélé... L'Islande, le Vatican, l'Espagne, le Brésil, Madagascar : tous les pays que les États-Unis reconnaissent comme des pays ont de la saleté sur eux... Je crois que je suis trop idéaliste. » Adrian Lamo intervient peu. Il lit. Il se tait. Il accueille la confession. « C'était un pillage de données massif... facilité par de nombreux facteurs... physiques, techniques et culturels. » Bradley Mannig raconte ce qu'il a fait. Comment il a brisé le secret-défense, là, en plein Bagdad, en pleine guerre. « J'écoutais et je chantais sur *Telephone* de Lady Gaga pendant que j'exfiltrais peut-être le plus gros déversement de données de toute l'histoire des États-Unis. » Il raconte encore. Les 250 000 câbles confidentiels. Les scandales.

« Quel genre de scandales ? » demande Adrian Lamo. « Des centaines », esquive Bradley Manning. « Comme quoi ? Donne-moi des détails, je suis sincèrement curieux. — Mmm... Le Saint-Siège et sa position sur les scandales sexuels au Vatican... L'affaire brûlante en Allemagne... » Bradley Manning s'interrompt. « Je suis désolé, il y en a tellement... » Puis il reprend : « Si j'avais été mal intentionné, j'aurais revendu ces documents à la Russie ou à la Chine... — Pourquoi tu l'as pas fait ? » demande Adrian Lamo en retour. « Parce que ce sont des données publiques. Je veux dire, les documents. Ça appartient au domaine public. L'information devrait être libre et gratuite. L'information devrait être un bien public. »

C'est fait. Il l'a fait. WikiLeaks a les documents entre les mains. Voilà ce qu'il écrit à Adrian Lamo.

Bradley Manning s'interroge. Il n'est qu'interrogation. Il nage dans les points de suspension, les hésitations. « Je ne sais pas vraiment si je devrais être considéré comme un hacker, un cracker, un hacktiviste, un lanceur d'alerte ou autre... — Ou un espion », risque Adrian Lamo. Bradley Manning s'offusque. Non. Rien à voir. « Je ne pourrais pas être un espion. Les espions ne publient pas les choses pour les montrer au monde. » Adrian Lamo insiste : « Pourquoi ? WikiLeaks serait une couverture parfaite. Ils publient ce qui n'est pas intéressant. Et gardent le reste pour eux. *Avocat du diable*. »

Oui, Adrian Lamo est bien l'avocat du diable, celui qui serait prêt à pousser le hacking dans ses retranchements, à retourner sa veste, car tout et son contraire sont possibles dans la vie, il le sait, il sait la fragilité des positionnements, des événements, il serait prêt à incriminer la transparence qu'il défendait la veille, parce qu'en la défendant il la haïssait aussi un peu, oui, on dit que l'on détruit ce que l'on aime, Adrian Lamo est un peu comme cela, il a de l'amour à revendre, mais il n'arrive pas à y croire pleinement, alors il serait prêt à accuser ses propres valeurs jusqu'à leur point de contradiction, jusqu'à leur extinction. Il faut beaucoup s'aimer soi-même pour survivre, pour s'accrocher à ce en quoi l'on croit, il est si facile de s'accuser et, il y a sept ans, Adrian Lamo a plaidé coupable.

2

LA MÈRE

C'était en 2003. Elle est rentrée chez elle un soir, à Carmichael, une jolie banlieue pavillonnaire, près de Sacramento, Californie. Avenues rectilignes, vastes maisons de plain-pied, pelouses, parkings. Elle s'est garée sur son parking, a longé sa pelouse, a introduit les clés dans la porte de sa maison. À l'intérieur, le chien aboyait. Elle n'a pas tout de suite compris pourquoi. Il a fallu avancer dans le couloir, jusqu'à la porte vitrée du salon, il a fallu comprendre d'où provenaient les voix. Celle de son mari, oui, bien sûr. Mais les autres ? Les aboiements les couvraient trop, elle ne comprenait pas. Puis elle les a vus. Ils étaient assis autour de la table basse, devant la bibliothèque. Elle a poussé la porte vitrée. « Asseyez-vous, madame », a dit l'un des deux hommes. Elle s'est assise. « C'est Adrian », a bredouillé son mari avec bienveillance, comme pour expliquer. Expliquer quoi ? « Prenez un verre d'eau », a proposé le deuxième homme. Le deuxième homme avait un air gentil, un peu juvénile, presque naïf. Elle était assise, elle avait un verre d'eau, et le monde était en train de se dissoudre. Il est mort, peut-être, mort de froid, mon fils est mort de froid, de faim, on va m'annoncer que mon fils, mon bébé, est mort de froid et de faim, on va m'annoncer que mon bébé est mort en clochard. Elle a vu défiler la naissance d'Adrian, l'enfant secret qu'il était, sa vie de mère à ses côtés, les baisers sur les tempes, la chaleur de sa main fluette, les premiers pas, les premiers mots, les nuits passées à veiller ses fièvres, à prévenir ses cauchemars, les années passées à le chérir, elle a tout revu en un éclair, comme au seuil de sa propre mort. Elle était prête, on pouvait lui dire, lui annoncer, elle était prête à mourir elle aussi. « Ces messieurs sont du FBI », a simplement dit le mari. « Madame, nous sommes à la recherche de votre fils », a déclaré le premier homme.

Le soulagement l'a submergée, comme une ivresse. Il n'était pas mort. Elle s'est mise à rire, un rire convulsif, incontrôlable. « S'il te plaît », a demandé le mari avec indulgence. Elle ne s'arrêtait pas, elle était ailleurs, avec son fils, il était vivant, elle essuyait des larmes de tendresse. Les deux hommes se sont regardés, l'un d'eux a réprimé un sourire, ils ne s'attendaient pas à cela. « C'est très sérieux, madame », a dit le premier homme, tentant d'endiguer la cascade. Elle a essayé de se reprendre, elle a dit les choses que l'on dit dans ces cas-là, quand on essaie de revenir au réel, aux autres, quand on essaie de se contenir, « Oui, pardon, excusez-moi, c'est nerveux ».

« Votre fils, a asséné le premier homme, votre fils a pénétré le réseau privé du *New York Times*, créé des identités factices, et collé au journal une facture de 300 000 dollars en recherches de données, sur le compte LexisNexis de l'entreprise. Il a déniché les coordonnées et les numéros de sécurité sociale de tous les contributeurs. Comme il ne s'agit pas exactement d'une feuille de chou, parmi ces contributeurs figurent des personnes très importantes. Il a volé les numéros de l'ancien directeur de la NSA Bobby Inman, de l'ancien Président Jimmy Carter, ou encore de l'acteur Robert Redford.

— Le numéro de Robert Redford ? a rebondi la mère malgré elle, avant de se taire, de crainte que cet étonnement ne trahisse plus que de l'amour - de l'admiration.

— C'est extrêmement grave, a repris le premier homme. Cela s'appelle du terrorisme informatique. »

La mère ne riait plus. À cette évocation, au mot « terrorisme » - le mot le plus lourd, le plus intraitable qui soit -, la peur de la mort l'a de nouveau attrapée, la peur de la perte.

« Mon fils n'est pas un terroriste, a affirmé la mère sans baisser les yeux.

— Ce n'est pas l'avis du *New York Times*, a simplement répondu le premier homme.

— C'est un *gray hat*, vous savez. Vous connaissez les *gray hats* ? Tous les hackers ne sont pas à mettre dans le même panier. Mon fils n'a jamais fait de mal à personne, il n'a jamais volé d'argent à qui que ce soit, il n'a jamais abîmé un système informatique, il n'a jamais exploité ou revendu des données privées. Tout ce qu'il fait, il le fait pour aider les gens à réparer leurs failles. Et la plupart du temps, il les aide lui-même, bénévolement. »

Le premier homme a eu l'air surpris d'entendre la mère employer ces mots, *gray hats*, *failles*, *système*, *données*, avec une telle assurance. Elle avait l'air de s'y connaître et, soudain, il s'est demandé si ces parents qui avaient l'air si inoffensifs, si équilibrés, n'étaient pas eux aussi des pirates. Soudain, l'imposante bibliothèque du salon lui a paru suspecte. Des intellectuels, tous les deux. Des dissidents ? Le deuxième homme a quitté son air juvénile et sa bienveillance, il y avait désormais de la menace dans son regard, de la menace et de l'hostilité, il s'est penché en avant et il a dit :

« Et maintenant, madame, il va falloir nous dire où il se trouve. »

Hoy en mi ventana brilla el sol
Y el corazón
Se pone triste contemplando la ciudad
Porque te vas

« Le cœur, dit la mère à ses élèves, le cœur s'attriste... » Elle parle lentement. Elle leur fait noter la traduction. Elle aime ces moments de dictée, reposants dans un cours de langue vivante, elle aime ce silence soudain, ce calme retrouvé, la concentration de ces enfants qui, après une conversation agitée, se contentent soudain de boire ses mots, de noter scrupuleusement tout ce qui sort de sa bouche, comme si sa voix avait quelque chose de sacré. « Le cœur... s'attriste... » Il faut leur laisser le temps d'écrire, et un instant l'ennui la traverse, dans les interstices de sa propre parole. Son regard s'échappe vers la fenêtre de la classe, vers l'ailleurs. « Le cœur s'attriste... en contemplant la ville... parce que tu pars. » Ils écrivent. La cour de récréation dépeuplée, les marelles sans âme. « Parce que... tu... » Le vent. On n'entend que le vent. « Pars. »

Elle a écrit à Adrian, bien sûr, c'est la première chose qu'ils ont faite. Ils n'ont pas de numéro de téléphone, seulement une adresse mail. Ils savaient, en écrivant, que le mail serait très probablement traqué par le FBI, décrypté, interprété, et si possible utilisé contre lui. Ils n'ont pas pris de risque, ils n'ont pas posé de questions, ils n'ont eu l'air ni trop distants, ni trop affectueux. Neutres. Surtout, ne rien écrire qui puisse lui nuire malgré eux. Ils ont simplement raconté ce qui s'était passé. La visite.

Como cada noche desperté
Pensando en ti

L'homme a pris place en face de la directrice, dans le bureau, au sein du bâtiment administratif. C'est lui qui pose les questions. Depuis combien de temps travaille-t-elle ici. Connaissez-vous ses employeurs précédents. Est-elle appréciée de l'équipe pédagogique. Quelles sont ses opinions politiques. A-t-elle déjà eu un comportement inapproprié ou déplacé. Avez-vous déjà rencontré son fils aîné. A-t-elle accès aux ordinateurs de l'école. Avez-vous déjà eu des soupçons. Savez-vous quels rapports elle entretient avec son fils.

Y en mi reloj todas las horas vi pasar
Porque te vas

« Et sur ma montre... j'ai vu défiler toutes les heures... » Elle dicte. Les stylos sur les cahiers. Les têtes penchées. Il y a si longtemps qu'elle n'a pas vu le visage d'Adrian. Ce visage lui manque. Il y a les photos, oui. Parfois elle a le sentiment de ne se souvenir que des photos. D'avoir perdu le vrai visage de son fils. Elle sait, bien sûr. Elle sait la détermination et la poésie du regard, la finesse des lèvres. Mais la précision, la vérité des traits lui échappe, engloutie par le souvenir de ces photos encadrées, figées - comme le rêve que l'on raconte au réveil, le condamnant à ne plus exister dans la mémoire que sous la forme de ce récit. Les élèves écrivent toujours. « Toutes... les... heures... » Il a vingt-deux ans, aujourd'hui. Oui, il y a aujourd'hui vingt-deux ans qu'elle est devenue mère. Adrian lui manque cruellement. Elle le sait, et chaque jour elle s'efforce de le taire, de faire comme si tout était normal, ce départ, cette vie nomade, cette quasi-absence de nouvelles. Elle donne le change, essentiellement pour ses deux autres enfants, beaucoup plus jeunes, et qui ont tant besoin d'elle, de sa force. Elle donne le change, mais elle n'oublie rien. Elle vit avec cette absence comme avec un espoir, ou quelque chose comme cela - l'espoir de le retrouver, ou, plus profondément, l'espoir de le voir heureux dans ce qu'il a choisi. Et maintenant. Maintenant ils parlent de terrorisme. Ils le traquent. « ... J'ai vu défiler toutes les heures... parce que tu pars. » Qui sait ce qu'ils lui feront. Qui sait combien de temps ils l'enfermeront.

Todas las promesas de mi amor se irán contigo
Me olvidarás

L'interrogatoire se poursuit dans le bureau. Avez-vous déjà rencontré son mari. Que savez-vous de leurs rapports avec la Colombie. Comment est-elle perçue par la direction. Comment est-elle perçue par les enfants. Nous allons procéder à. « À quoi ? » demande la directrice, tremblante.

Me olvidarás

« Tu… m'oublieras… » La parole de la mère, si lente qu'elle s'y oublie, qu'elle s'y endort. Les têtes penchées, qui écrivent. Le regard de la mère, porté vers la fenêtre, vers les arbres, le vide.

Junto a la estación hoy lloraré igual que un niño

« Comme un enfant »…

Tout d'abord elle n'est pas sûre de bien voir. Les silhouettes sont timides, au fond de la cour de récréation. Un homme, une femme. La femme, oui, bien sûr. Sa directrice. Mais l'homme ? Elle ne l'a jamais vu. Il est comme eux, peut-être, comme les deux autres. Ils se rapprochent. Ils se dirigent vers la salle de classe, vers *sa* salle de classe, cela ne fait aucun doute.

Porque te vas

Elle voudrait revenir deux ans en arrière. Elle se demande si c'est sa faute. Peut-être qu'ils n'auraient pas dû s'installer à Carmichael. Ils avaient déjà vécu tant de déménagements. Adrian en a eu assez. S'ils n'étaient pas partis à Carmichael, peut-être qu'il serait resté avec eux, à San Francisco, peut-être qu'il aurait eu une vie normale.

Porque te vas

L'homme et la directrice ont traversé la cour, jusqu'à entrer dans le bâtiment, son bâtiment. Elle les a perdus de vue. « Pas devant les enfants. » C'est tout ce qu'elle parvient à penser. « S'ils doivent m'arrêter, que cela ne se passe pas devant les enfants. » On frappe. Ils entrent. La directrice est livide. Elle prend la parole, elle prend sur elle. Elle fait semblant de sourire. « Les enfants, aujourd'hui la classe se termine plus tôt, le monsieur veut s'entretenir avec Madame Lamo. » Un flot de fermetures Éclair pressées, de chaises qui accablent le sol, de cartables qui virevoltent sur les dos, et voici la nuée qui quitte la salle, légère, se réjouissant de renouer un peu plus tôt avec la liberté du dehors. Elle aurait aimé les retenir, les enfants ont toujours été ses alliés. Et maintenant elle est seule, seule avec cet homme qui la poursuit jusque dans sa vie professionnelle, seule avec la peur.

Porque te vas
Porque te vas
Porque te vas

Elle ne supporte plus la nuit. Elle ne dort pas. Elle attend que le jour revienne. C'est tout ce qu'elle peut faire, attendre. Plusieurs fois par nuit, elle se lève pour vérifier qu'ils dorment, eux, ses deux autres enfants, les petits, ceux que jusqu'ici elle a réussi à protéger. Elle a peur pour eux. Eux aussi, ils ont peur. Ils ont vu les perquisitions, la maison sens dessus dessous, ils ont vu les hommes qui cherchent, les hommes qui menacent.

Elle a failli avoir un accident de voiture hier. Elle regardait trop le rétroviseur, la voiture derrière elle, la voiture qui la suivait, qui la pressait. La voiture des hommes. Elle était avec les enfants, elle a failli les tuer. Elle était happée par le rétroviseur. Elle ne s'est pas arrêtée au stop. Un camion bleu arrivait sur la droite. Très vite. Elle a pilé au dernier moment. Le camion est passé juste devant elle, dans un klaxon terrifiant. Sarah a crié : « Maman ! »

Le téléphone sonne souvent à la maison. Ils tremblent. Ils décrochent. Ils espèrent que ce sera lui. Mais ce n'est jamais lui. Ce sont les hommes. Ils posent des questions.

Ils donnent des rendez-vous auxquels ils les somment de se rendre. Le père pense : Ils ne s'arrêteront jamais. Ils ne s'arrêteront qu'à notre mort, ou à la mort d'Adrian.

Les enfants ont mal au ventre. Les enfants comprennent tout.

L'autre soir, Sarah a demandé : « Maman, est-ce qu'Adrian va aller sur la chaise électrique ? »

Elle a écouté Sarah, elle a répondu dans un sourire, « Bien sûr que non ma chérie, enfin, qu'est-ce que tu racontes », elle a passé une main dans ses cheveux fins, une main de consolation, puis elle est allée aux toilettes, elle a poussé le verrou et elle s'est laissée aller à des sanglots hagards, fiévreux.

C'est lui, le père, qui s'est inquiété et qui est venu la tirer de là. Il a toqué doucement à la porte. Elle a fini par ouvrir, par sortir. Ils se sont étreints longuement, silencieusement, ils avaient entendu tant de questions ces jours-ci, ils ne voulaient plus de mots, ils avaient seulement besoin de tendresse.

« Fraude informatique. Infiltration du réseau privé de l'entreprise du *New York Times*, et accumulation d'une facture de 300 000 dollars sur LexisNexis. Ça risque de vous coûter cher, le *New York Times* ne plaisante pas. Soyons clairs : vous risquez quinze ans de prison ferme. »

Au téléphone, l'avocat d'Adrian Lamo ne plaisante pas non plus.

Dans la planque où il se terre, une petite pièce de quelques mètres carrés, Adrian Lamo sent les murs se refermer, l'écraser.

L'avocat répète dans le téléphone : quinze ans de prison, quinze ans de prison.

Soudain, Adrian Lamo n'entend plus que cela. Il imagine ces années, une par une. Quinze années. Étouffement. Vieillesse. Vertige.

Il regarde les murs, le sol. Une scolopendre rampe à sa rencontre. Des pattes longues et agiles, petite danse de l'effroi.

Soudain, il fait connaissance avec la peur.

Elle est entrée dans sa chambre, en ce jour de l'année 2003. Elle s'est assise sur ses genoux, elle l'a pris dans ses bras, elle l'a embrassé partout, partout.

Elle est entrée en lui. Elle est là. La peur. Quinze ans de prison. Les jeux sont faits.

« Je vais prendre mes responsabilités, dit-il à l'avocat. Je vais répondre de mes actes. »

« Maman... Maman, tu m'entends ? »

Enfin, c'est lui qui appelle. La voix d'Adrian est si lointaine, si fragile. Elle voudrait tellement l'aider, le recueillir, le cacher, le sauver. Ils doivent faire vite, elle le sait, ils doivent être prudents, ils vont identifier la provenance de l'appel, ils vont le retrouver s'ils parlent trop longtemps. Elle ne veut pas savoir où il est, elle ne veut pas l'interroger, le compromettre malgré elle. Elle ne veut pas non plus parler d'elle, parler de ce qu'ils vivent, elle ne veut pas l'inquiéter.

Alors elle ne sait pas quoi dire, les mots se perdent dans la peur, s'évaporent, et lui, dans le silence, il comprend. Il comprend que le FBI les suit à la trace. Il comprend qu'ils n'en peuvent plus. Les perquisitions, les interrogatoires, il devine, et il s'en veut tellement.

« Ne t'en fais pas maman, ne t'en fais pas, tout ça va s'arrêter, je te le promets, je prends les choses en main. »

Il voudrait dire autre chose, mais il n'y arrive pas non plus. Il ne peut pas dire ces mots-là en sachant que le FBI les écoute, les enregistre. Ces mots-là ne se disent que sans témoins. Et pourtant, il aimerait tellement, il aimerait tellement lui dire qu'il les aime.

Il ne cherche pas à s'esquiver. La plainte du *New York Times* est bien réelle, et maintenant Microsoft s'est engouffré dans la brèche. Il sait qu'il n'y échappera pas, il ne souhaite pas y échapper. L'avocat d'Adrian Lamo a promis qu'il se rendrait. Il est entré dans une négociation qui avait pour seul but de connaître les chefs d'accusation, d'obtenir la promesse d'une libération sous caution, et de convaincre le FBI de cesser de s'en prendre à sa famille. Le procureur a accepté.

Ce qui pèse le plus à Adrian Lamo, c'est qu'il s'est cassé une dent.

C'est à cela qu'il pense ce vendredi-là, ce vendredi de 2003 où il pousse la porte du US Marshals Service, bâtiment fédéral de Sacramento, Californie.

Il pense à sa dent.

Ses ordinateurs ont disparu, pas de chance : le sac à dos qui les contenait est tombé d'un pont la nuit dernière, englouti par le fleuve de la ville, le Sacramento. L'accident bête. Vraiment, c'est dommage.

Il a contacté les médias pour que sa version de l'affaire soit la première à être éventée. Il a même, cette semaine, été filmé pour un documentaire sur les hackers. Il a raconté le *New York Times*, la traque du FBI. Il s'est raconté, devant les caméras. Se raconter, c'est se faire exister. C'est transformer le grand chaos des événements personnels en histoire. Seule compte cette histoire.

Il est rare que les hackers se rendent d'eux-mêmes ; en vérité, cela n'arrive jamais. D'ordinaire, ils résistent, ils se battent, et les arrestations sont spectaculaires. Mais Adrian Lamo a un sens de la responsabilité presque disproportionné, que l'on pourrait parfois prendre pour de la candeur.

Ce jour-là, au bureau d'accueil du bâtiment fédéral, il aura ces mots :

« Puisque j'ai enfreint la loi, je préfère encore *me montrer poli.* »

Il attend le jugement, il entend encore la voix de l'avocat, « quinze ans de prison », il attend de savoir.

Il a peur. Il tremble. Et cette dent, toujours. Une canine, fracturée, un accident de déjeuner, une noix mal intentionnée. La sensation : une aiguille dans la gencive, un supplice mesquin, obsédant.

Il est assis dans la cellule, et sa jambe droite malgré lui se secoue fébrilement, comme se secouent les jambes des adolescents consumés par la rage, il ne sait que faire de cette tension, il ne sait que faire de cette peur. Quinze ans de prison. Il ne sait comment faire taire cette jambe.

On lui tend une cigarette.

« Ne t'inquiète pas. *Tranquilo. Tranquilo. No te preocupes.* »

Dans la cellule, les hommes sont d'origine sud-américaine. Adrian Lamo n'est pas comme eux. Il est très blanc, très jeune, très éduqué, et il est habité par une peur déraisonnable, dévorante. Ils se demandent ce qu'il fait ici.

« *No te preocupes. Estarás bien.* »

Adrian Lamo tire sur la cigarette. Elle l'apaise. La jambe

se calme, un temps. Il regarde ces cinq hommes, leurs visages mats, leurs yeux sombres, inquiétants, leurs corps massifs. Il a lu leurs documents, il sait pourquoi ils sont ici. Narcotrafic, vol, meurtre parfois. Mais là, maintenant, avec lui, ce sont de bonnes personnes, de belles personnes, et c'est tout ce qu'il veut savoir. Ils ont tout de suite perçu qu'il était terrifié, qu'il n'avait jamais mis les pieds derrière les barreaux. Ils ont tout de suite perçu qu'il était différent. Ils ont estimé qu'il leur revenait de le prendre sous leur aile. Ils font tout ce qui est en leur pouvoir pour l'aider à aller mieux, pour le rassurer, pour le détendre. Ils ont compris, depuis le début, qu'Adrian Lamo parlait aussi leur langue, la langue espagnole, et leur affection pour lui n'en est que plus vive. Ils ont vu, aussi, qu'Adrian Lamo était plus lettré, plus instruit qu'eux, et qu'il était prêt à les aider dans les démarches administratives et judiciaires. Il a passé beaucoup de temps à déchiffrer pour eux leurs dossiers juridiques. Certains d'entre eux parlent à peine anglais. Il a traduit des lettres, des documents légaux. Il leur a expliqué leurs inculpations, les détails de leurs casiers, des choses que leurs propres avocats n'avaient pas pris le temps de leur exposer. Il a fait cela avec précision et générosité, sans compter son temps, et sans jamais les juger. Ils en éprouvent une profonde reconnaissance, une profonde amitié. Pas effusive, non, mais profonde.

La dent d'Adrian Lamo lui arrache un cri de douleur tandis qu'il expire la fumée. Il lève la tête, plaque son crâne contre le mur. Penser à autre chose, surtout. Mais à quoi.

« Laisse-moi te raconter une histoire, *amigo*, dit l'un des détenus. C'est une mère qui observe son petit garçon à la sortie de l'école. Et elle lui dit : "Je suis drôlement contente ! J'ai vu que tu t'entendais bien avec le fils de nos voisins !" Le gosse baisse la tête, un peu gêné. "Je vous ai observés, continue la mère, et j'ai vu que tu lui donnais des billes !" Et le gamin répond : "Non, maman. Je ne lui donnais pas de billes. Je lui rendais ses dents." »

Adrian Lamo se laisse surprendre par le rire. Il avait oublié à quoi cela ressemblait.

« *Gracias* », dit-il timidement.

Les hommes acquiescent en silence. Une main se pose sur son épaule.

« *Gracias por ayudarme.* »

Elle est assise au premier rang. Elle voulait tant le voir, être au plus près de lui, de ses émotions, essayer d'échanger un regard, essayer de lui adresser un sourire, un soutien. Le père aussi est venu, ils sont côte à côte.

Adrian Lamo a aperçu ses parents en entrant, mais leurs regards ont glissé sur lui, malgré lui – il était ailleurs, tout à sa peur.

Maintenant, il est devant le juge. Maintenant, il dit : « Je plaide coupable. J'assume mes responsabilités, pour toutes mes actions. Je m'en remets à votre décision. Je ne la contesterai pas. Je suis responsable. »

Devant le juge, Adrian Lamo ne dit pas qu'il pensait bien faire en commettant ces hacks, il ne dit pas qu'il souhaitait aider ces entreprises, ce qui est pourtant la vérité ; il sait que cela ne l'empêche pas d'avoir commis des crimes. L'enfer est pavé de bonnes intentions. Il le sait.

Devant le juge, Adrian Lamo promet qu'il trouvera un travail dans un magasin informatique, qu'il mènera une vie normale.

Devant le juge, Adrian Lamo dit qu'il regrette, et il est sincère.

Le verdict tombe. Adrian Lamo, le tribunal vous condamne à. La mère serre fort la main du père. Éternité. Le tribunal vous condamne à. Des mots. Des chiffres.

Six mois d'assignation à résidence.

Deux ans et demi de liberté surveillée.

Soixante-cinq mille dollars de dommages et intérêts.

Les mots rebondissent dans la tête de la mère, les mots se heurtent aux parois de son crâne. Elle entend ces mots-là, et ce sont d'autres mots qui tambourinent dans ses pensées. Les mots : *Bracelet électronique. Emprunt. Dette. Hypothèque.*

Elle se tourne vers le père, et elle murmure : « On se débrouillera. On trouvera des solutions. Il ne va pas en prison, c'est une bénédiction. »

Quand le verdict tombe, Adrian Lamo est saisi d'un soulagement puissant, insensé.

Ainsi, il n'aura plus à avoir peur.

À la sortie du tribunal, un journaliste lui demandera ce qu'il a pensé du procès. Il lèvera les yeux vers le ciel et répondra simplement, sans aucune ironie : « Il fait beau, aujourd'hui. »

« Bienvenue, Adrian. Tu es ici chez toi. »

Ils ont tout fait pour le mettre à l'aise, pour l'accueillir vraiment. Pour que cette assignation à résidence ne ressemble pas à une punition mais à une aubaine. Ils ont vidé une pièce entière pour qu'il ait sa chambre à lui, ils y ont apporté tous les cartons dans lesquels ils avaient scrupuleusement entreposé ses affaires, lors de leur dernier déménagement, deux ans plus tôt. Ils ont étendu un drap sur l'ordinateur familial, un grand drap blanc, comme un linceul, pour éloigner les tentations, pour que rien dans cette maison ne soit une provocation, puisque le jugement lui interdit de toucher à Internet.

Il connaît à peine cette maison, il n'y a jamais vécu, il ne connaît pas Carmichael. Et pourtant, c'est comme s'il revenait, oui, c'est un retour, un retour de guerre. Il aimait ses combats, il espérait ne jamais revenir.

Il monte l'escalier. Deux ans et demi. *Liberté surveillée*. Il pense à ces mots, à cette contradiction. Comment peut-on être libre si l'on est surveillé ? Ne pas y penser. Ne pas se plaindre. Il sait à quoi il a échappé, quinze ans de prison, il sait qu'il doit se réjouir, il a eu tellement peur, une peur viscérale, archaïque. L'assignation à résidence, aucune importance, ses parents sont des gens formidables. Le bracelet à sa cheville, aucune importance, au moins il aura le droit d'être dehors, de marcher, de respirer. Quinze ans de prison.

Il entre dans ce qui sera désormais sa chambre. Une petite pièce, un lit et, partout, des cartons austères, clos. L'espace d'un instant, il croit assister à son propre enterrement; ces cartons sont des cercueils, il doit faire le deuil de son indépendance.

C'est ici, pense-t-il, c'est ici que le tribunal a choisi d'attacher ma chaîne. Dans cette chambre. Dans mon enfance.

Il entrouvre les cartons au hasard, en extrait quelques objets, regarde. Il y a là des souvenirs d'école et de vacances, des passions d'adolescence, des cours d'un lycée inachevé, des vieux bibelots électroniques, tant de choses ensevelies, bannies de sa mémoire et amassées sans l'ombre d'un tri. Des livres d'initiation à l'informatique, des écrans des années 1990, grotesques. Un train électrique, un jeu de dames. Une affiche de *Star Trek*, pliée en quatre. Une autre de *Jurassic Park*. Les vies passées d'Adrian Lamo se sont entassées ici, inertes, et personne n'a osé y toucher.

Il ne déballera jamais ces cartons, il le sait.

MAI 2010
Conversation avec Bradley Manning

Adrian Lamo ne peut pas s'empêcher de retourner à cet ordinateur, à cette conversation. Bagdad, la guerre, le danger sont là, dans l'ordinateur. Sa jeunesse est là, dans l'ordinateur. Sa liberté aussi, peut-être, ou ce qu'il en reste. Bradass87 continue à se confier. « Ma famille est catholique, mais je n'ai jamais cru un mot de tout ça... » Les messages s'accumulent. « J'étais la seule personne non religieuse de la ville... En fait, il y avait plus de bancs d'église que d'habitants... » Puis : « Ça ne me dérangerait pas de passer le reste de ma vie en prison, ou même d'être exécuté... Ce qui me gêne, c'est la possibilité qu'il y ait des images de moi... dans la presse mondiale... comme garçon... J'ai totalement perdu la tête... Ce que je dis n'a pas de sens... Je voulais juste suffisamment de temps pour me trouver... être moi-même... et pas courir partout, tout le temps, en essayant de répondre aux attentes des autres... Je suis un peu à la dérive maintenant... »

À tous ces messages qui se succèdent, qui s'amassent, le compte d'Adrian Lamo offre à de multiples reprises une réponse automatique qui évoque un trop-plein, une mémoire surchargée : « Merci d'être très patient. » Adrian Lamo parle si peu. Il a appris à se méfier, à se taire, comme ces enfants échaudés par des petites ironies quotidiennes qui les condamnent imperceptiblement au silence.

Personne ne connaît l'identité de Bradley Manning.

La dynamite au creux des mains d'Adrian Lamo grandit chaque jour un peu plus.

« Je ne suis pas violent », écrit encore Bradass87, qui ajoute aussitôt : « Bizarre d'entendre ça de la part d'un militaire ? »

Alors, Adrian Lamo répond. Alors, seulement, il parle de lui :

« Moi non plus. Mais je serai violent si je dois l'être. »

3

GENE

Vera Keller a relu l'article de Gene, bien sûr. On le trouve encore sur Internet. Une collègue, une consœur. Elles se sont croisées parfois, dans des congrès, ou pour couvrir des événements. Elles ne se connaissent pas bien, mais elles se connaissent.

Le portrait que Gene a consacré au hacker sans abri en 2004, un dossier de plusieurs pages, a fait date.

Gene travaille pour le magazine *Wired*. Les journalistes de ce genre de magazine sont souvent des hommes, et Gene a construit sa place à la force de ses poignets. C'est une jeune femme déterminée, furieusement cultivée, elle a écrit pour le *New York Times*, le *National Geographic*, elle enseigne le journalisme à Berkeley, ainsi qu'à Princeton. C'est une tête, une pointure. Elle est blonde et souriante, franche, aussi directe qu'Adrian Lamo peut être secret.

Gene sait qu'Adrian Lamo est une figure déjà très médiatisée, mais elle veut proposer une autre approche, un portrait intime, un échange en vérité, de femme à homme. Elle sait qu'Adrian Lamo est une sorte de légende dans le milieu des hackers. Qu'on l'admire intensément, déraisonnablement. Elle a même entendu un jeune hacker dire qu'Adrian Lamo était à ses yeux « quelque chose comme le messie ».

Pour leur premier entretien, il lui a donné rendez-vous dans un Starbucks, à Sacramento. Il aime les Starbucks. Les produits rigoureusement identiques, les écouteurs qui cloîtrent les oreilles, les myriades d'écrans portables le rassurent. La solitude studieuse des consommateurs, les hauts plafonds. Ici, on vous laisse tranquille. Quand il se rend dans un nouveau Starbucks et qu'on lui demande comment il s'appelle, il fait chaque fois inscrire un prénom différent sur le gobelet.

Le père et la mère n'ont pas accepté de rencontrer Gene ; ils n'aiment pas tellement les journalistes. Elle est déçue. Leur tolérance, leur mansuétude semblent invraisemblables, presque suspectes : elle aurait été curieuse de les connaître.

Gene se présente en lui tendant la main, une main volontaire, solide. Il est déjà assis, il l'attendait, il a choisi une place dans un angle, une place depuis laquelle il peut voir tout le monde, observer la rue et le café, anticiper. Il se lève pour répondre à la poignée de main : « Adrian Lamo. » Bien sûr, elle l'avait reconnu. Ce beau visage grave, presque androgyne. Elle ne l'imaginait pas complètement comme cela, pourtant. Ce sont ses tics qui la surprennent : il donne l'impression de toujours cligner des yeux. Et puis il est gentil, étonnamment gentil. Il lui propose de partager son cake au citron, elle accepte, il va chercher une seconde petite cuiller en plastique, ils grignotent. La gentillesse prend des allures de goûter d'anniversaire, autour des gobelets de carton. Il s'excuse pour le bruit de la machine à Frappuccino, qui risque de couvrir sa voix dans l'enregistrement. Derrière les battements de ses yeux inquiets, elle découvre une naïveté insoupçonnée, presque dissonante, des rêves de gosse. Il lui donne tous les détails de son intrusion au *New York Times*, méthodes, outils, dates. L'excitation lui fait prendre des risques ; il semble oublier qu'elle est journaliste, et que ce qu'il dit a vocation à être publié. Il lui dévoile ses nouveaux projets de hacks. Aujourd'hui, confie-t-il, il pourrait faire beaucoup mieux. Aujourd'hui, il serait capable de bloquer les lignes téléphoniques du FBI. « Tout le FBI ? » demande Gene, incrédule. « Disons, les bureaux locaux, rectifie-t-il. C'est quand même grand, le FBI. »

Elle interroge, il raconte. La naissance de la vocation, les années du hacker sans abri, l'effraction au *New York Times*, la vie chez ses parents, mais aussi les différentes sortes de hackers, les *black hats* de l'illégalité, qui volent et détruisent, les *white hats*, professionnels de la sécurité informatique, les *gray hats* des entre-deux, ni nocifs ni légaux. Il explique, il exulte.

Et soudain, une phrase fauchée en plein vol, un silence. Son regard a achoppé sur un homme qui termine un café à quelques tables. « Ce type nous regarde depuis tout à l'heure, ça doit être un mouchard du FBI. » Le visage d'Adrian Lamo s'est raidi, métamorphose, une foudroyante agressivité, un autre masque, un autre homme. Gene est curieuse, elle a une impulsion du visage, « Non, ne vous retournez pas ». Elle suggère qu'ils quittent le Starbucks. « D'accord, répond Adrian Lamo. Je ne comprends pas pourquoi ils s'acharnent, je ne cache rien, ils savent tout, je ne fais pas un seul mouvement à leur insu, vous comprenez, pas un seul mouvement. » Il soulève légèrement son jean, dénonçant le lourd bracelet qui lui ceint la cheville. « Toute dernière génération. Qu'est-ce que vous en pensez ? Ça me va bien ? »

Gene éprouve soudain pour lui une intense compassion, qu'elle enrobe d'un sourire furtif. Un autre individu quitte le café, faussement normal, trouble.

Tandis qu'ils s'enfoncent dans le parking, Adrian Lamo le repère à nouveau : l'homme s'est installé au volant de sa voiture, le visage blotti dans un journal. C'est Gene qui conduit, qui le raccompagne. Mais l'homme au journal démarre en même temps qu'eux, Adrian Lamo s'en est parfaitement rendu compte, rien ne lui échappe. « Faites plusieurs tours du parking », demande-t-il à Gene. La voiture de l'homme slalome également derrière eux, elle les suit, de toute évidence, il le sait, il sait ces choses-là, pour qui me prennent-ils, pense-t-il, ils croient que je ne m'en rends pas compte ? « Arrêtez-vous », crie Adrian Lamo dans la voiture – Gene a pris peur, elle pile, il bondit hors du véhicule, la voiture a pilé aussi derrière eux, il va toquer au carreau, fort, si fort, et cette colère en lui, indomptable, c'est insupportable, pense-t-il, c'est insupportable d'être surveillé en permanence. L'homme baisse la vitre. Il le dévisage. L'hébétude de ce regard désarçonne Adrian Lamo. Les mots ne viennent plus, ne trouvent plus le chemin. Il faut dire quelque chose, vite. « Est-ce que vous avez déjà travaillé pour le gouvernement ? » demande-t-il. C'est tout ce qui a réussi à émaner de sa bouche. L'homme hésite un temps, vaguement embarrassé. « Non, pourquoi me demandez-vous ça ? » Il faut répondre, pense Adrian Lamo, il faut répondre quelque chose. Il se redresse, se durcit. Il voudrait lui faire peur.

« Pour rien... Juste parce que je suis un criminel. » L'homme au journal n'a pas peur, mais il ne souhaite pas s'éterniser. Il lui tend promptement une carte de visite, « Je n'ai rien à voir avec tout ça, je travaille pour une entreprise de téléphonie mobile, bonne journée monsieur ».

De retour dans la voiture de Gene, Adrian Lamo est saisi de rires béats, et brandit la carte avec le ravissement des rescapés. Ce n'était donc que cela : de la téléphonie mobile.

Malgré elle, Gene met un terme à sa bonne humeur. « Vous pensez vraiment que les agents du FBI ne se font jamais faire de fausses cartes de visite ? »

À Carmichael, dans la chambre de la maison familiale, Adrian Lamo écarte timidement le rideau, épie la rue écrasée par le soir.

Une voiture à l'arrêt. Un homme est assis derrière le volant. Un inconnu. Encore un. Tout semble si banal, et pourtant. Cet homme a-t-il lui aussi une fausse carte de visite ? Comment savoir.

Adrian Lamo referme le rideau. Il pense au FBI. Il pense à tous ces hommes qui pensent à lui. Ces hommes qui le traquent, qui savent tout, qui voient tout, qui ont peut-être même installé des caméras, là, dans la chambre, ou des micros. Ces hommes qui ne le laisseront plus jamais être ce qu'il était.

C'est fini, il le sait.

Il n'a plus le droit de toucher à un ordinateur.

Il n'a plus le droit de voyager.

C'est fini.

Et ce bracelet, ce bracelet épais qui le démange, qui étreint si fort sa cheville, qui l'étouffe. Deux ans et demi. Il hait ce bracelet. Il gratte, griffe, ravine, comme le prisonnier qui espère dégager un tunnel. Parfois il rêve qu'on lui tranche le pied pour le libérer, un grand coup de hache, net, infaillible. L'homme qui tient la hache est masqué, à la manière des Anonymous. Le bruit de la hache. Le sang au bout de sa jambe amputée. Dans ses rêves, il ne ressent pas de douleur, seulement un immense soulagement. Dans ses rêves, il s'envole.

Il marche dans les rues de Carmichael, banlieue de Sacramento, Californie. Cela, il a le droit de le faire. Marcher. Il fait très beau. Carmichael est ce que l'on appelle une banlieue résidentielle. Cela veut dire que les gens y *résident*, pense-t-il. Quelle drôle d'idée, pense-t-il encore, quelle drôle d'idée que de vouloir poser ses bagages de façon définitive dans un lieu dont le seul intérêt est d'être rempli de gens qui ont voulu poser leurs bagages de façon définitive.

Grandes avenues rectilignes, perpendiculaires, bordées de palmiers.

Artères réservées aux voitures. Il n'y a pas de piétons ici, cette ville n'est pas faite pour les piétons. Pas de commerces, pas de vie. Seulement des voitures, et des maisons.

Des maisons où les gens dorment, où les chiens attendent.

Il marche, tout seul, tout droit. Toujours tout droit. C'est là que vont toutes les rues, tout droit. Il n'y a personne : les gens travaillent, bien sûr. Ils ont pris leur voiture, et ils sont ailleurs, à Sacramento probablement. Quel métier font-ils ? Est-ce que leur métier leur plaît, l'ont-ils choisi, désiré ? Ou obéissent-ils simplement à la nécessité de manger pour vivre, fonder une famille, acheter une maison et un chien à Carmichael, Californie ? Mais ont-ils jamais vraiment voulu l'acheter, cette maison, ces rêves sont-ils les leurs ? Il marche. Il essaie d'imaginer leurs vies, la vie des autres. Il y a trop de vert ici, trop de palmiers. Trop de soleil. Il trouve que les maisons se ressemblent toutes. Une pensée lui traverse l'esprit : il aurait tant aimé *ne pas ressembler*.

Gene attend Adrian Lamo au Starbucks de Sacramento pour un nouvel entretien. Elle est assise à la place qu'il occupait lors de leur première rencontre, un grand fauteuil vert, face à la salle. Elle attend. Il pousse la porte, les yeux cernés, un peu rougis, il demande à s'asseoir à sa place à elle. Un essoufflement, une inquiétude, un ton impérieux, qui laissent entendre que c'est une question de vie ou de mort. Gene se lève, cède son fauteuil et va s'asseoir en face. Il prend sa place. De là, il peut tout voir. Le regard s'échappe, se noie dans la vitre, surveille les personnes qui entrent et sortent.

Gene s'empresse de le ramener au réel, à l'échange, elle sort le dictaphone de son sac. « On y retourne, vous êtes prêt ? » Le regard d'Adrian Lamo traverse brièvement l'enregistreur, avant de s'égarer de nouveau vers l'extérieur. « Si c'est un portrait négatif, ce n'est pas grave, il faut que vous soyez honnête, il faut que vous écriviez la vérité. Je déteste les articles qui font croire que les gens sont parfaits. Les gens ne sont pas parfaits, et c'est tant mieux. Tout le reste est un mensonge. » Il fait tourner la cuiller en plastique dans son gobelet de café avec un acharnement déroutant. Elle ne rate aucun de ses gestes, leur nervosité, leur errance. Il parle sans la regarder.

« Je sors de chez le médecin. Je lui ai dit que j'étais un criminel notoire et que c'était très stressant comme métier. »

Les tentatives d'humour dissonent. Gene reste silencieuse. L'homme qui est assis en face d'elle est un homme qui ne va pas bien. Elle aimerait intervenir, elle aimerait lui dire qu'il est un être de valeur, le ramener à la lumière. Elle aimerait prévenir le naufrage. Mais elle le connaît si peu, comment parler sans paraître intrusive, incongrue. Il continue. « Il m'a prescrit des somnifères et du Paxil pour quatre semaines. Mais je ne vais pas le prendre. Moi, j'espérais qu'il me filerait du Xanax, c'est plus fort, il faut au moins ça pour les crises de panique et l'insomnie. C'est comme ça, si vous dites que vous voulez du Xanax, ils vous disent, Rien à faire mon vieux, le Paxil, ça suffira largement, mais si vous revenez deux semaines plus tard en disant que ça n'a rien changé, et qu'en plus vous ressentez des espèces de petites décharges dans tout votre corps, alors ils peuvent penser que vous commencez à faire de l'épilepsie bénigne, ce qui est un des effets secondaires possibles du Paxil, et alors, alors seulement, ils vous filent du Xanax. »

Adrian Lamo parle si vite, et toujours ces tics, ces yeux qui clignent, ces épaules qui se haussent légèrement, comme s'il était soudain saisi par le froid. Il fait pourtant une chaleur évidente.

« Il faut que je fasse gaffe », concède-t-il. Il se rend compte, bien sûr. Il se rend compte que les mots qui sortent de sa bouche n'ont pas leur place dans un rendez-vous de travail. Mais est-ce un rendez-vous de travail. Ce sont deux êtres vivants, face à face, au même endroit, au même moment, c'est tout ce qu'il sait, tout ce qu'il veut savoir. Il y a l'enregistreur, oui, et après. Quelque chose en elle a déclenché chez lui une confiance instantanée, inconditionnelle, quelque chose dans le timbre, sémillant, ou dans le sourire, ou dans le froissement de la robe sur l'épaule, la bretelle dévoilée un bref instant, insouciante. Une impudeur fortuite, innocente, et c'est précisément cette innocence qui le bouleverse. Il pense beaucoup à elle, la nuit aussi, il cherche des prétextes pour l'appeler, l'article, *Wired*, des questions informatiques, n'importe quoi, mais rien ne tient la route, il renonce, il essaie de la chasser de son esprit, d'activer le pare-feu, mais elle est là, indéracinable, elle, Gene. Il ne sait pas pourquoi. Peut-être parce qu'il voit si peu d'êtres humains, à Carmichael, près de Sacramento, Californie, dans cette maison qu'il n'a pas le droit de quitter. Peut-être parce qu'elle semble le comprendre. Il aimerait la comprendre en retour, il aimerait tant la connaître, la connaître véritablement, oui, la connaître *en vérité*, car c'est cette vérité qui lui manque, dans cette vie de banlieue où tout sonne faux, où tout sonne creux. Il se demande où est la vérité de Gene – dans ses yeux, peut-être, ces yeux qui, comme le soleil, comme la mort, ne se peuvent regarder en face.

Gene aimerait lui tendre une main. Elle essaie. Elle s'étonne qu'il prenne des médicaments, elle lui demande s'il est bien suivi, s'il voit également un psychologue, s'il fait bien attention aux doses. « Ne vous inquiétez pas, répond-il, je fais attention, je ne prends plus que des trucs contre la dépression et les troubles dissociatifs. »

Il ne l'a pas regardée. Il surveille toujours les allées et venues des clients. Elle, elle le regarde. Il a vingt-trois ans, une dizaine d'années de moins qu'elle. C'est cette lumière, cette lumière très particulière dans le regard d'Adrian Lamo, c'est ce regard d'eau, c'est cela qui l'émeut le plus. Cela, et l'intelligence, comme une plaie ouverte. Une pensée sillonne l'esprit de Gene : *Si cet homme était moins torturé, je crois que je serais capable de tomber amoureuse.*

« Un trouble dissociatif, c'est un truc vraiment incroyable, continue-t-il. Parfois, vous vous regardez dans la glace et vous ne vous reconnaissez absolument pas. »

Il ne supporte pas. L'assignation à résidence. La privation de liberté. Il ne supporte pas. Il espérait, il croyait que. Mais non. Il ingère des pilules pour regagner son innocence, sa blancheur de gosse, pour endormir la souffrance, endormir le bracelet électronique. Oublier. Expier. Les neurones s'assagissent. Il aime ses parents. Ils sont gentils. Adorables. Ils ont hypothéqué la maison pour payer la somme. Les 65 000 dollars. Ils sont prêts à tout. Ils l'aident. Lui, n'arrive pas à les aider. Les tâches ménagères, non, ça non plus. Il n'y arrive pas. Il laisse le désordre envahir sa chambre. Il n'arrive même pas à être aimable. Il préférerait que ses parents lui en veuillent. Il préférerait des reproches, avoir quelque chose contre quoi se heurter, quelque chose contre quoi exister. Il n'existe pas. Le temps ne passe plus. Le temps est devenu une flaque d'eau croupie. Rien ne coule. Les repas s'enchaînent, à côté de son frère, onze ans, et de sa sœur, cinq ans. Des enfants. Lui aussi est un enfant, maintenant. Obligé de vivre ici, avec eux, interdit de sortie, interdit d'ordinateur. Un enfant. La salle à manger, bien rangée. Les deux parents, les trois enfants, assis dans le silence du cérémonial et de l'habitude, le silence de l'ennui. Les bruits des couverts qui occupent tout l'espace sonore. Ils ont fait des enfants pour donner un sens à leur vie, pense-t-il en regardant le père et la mère, ils ont fait des enfants qui eux-mêmes feront un jour des enfants pour donner un sens à leur vie, et ainsi de suite. Vaste escroquerie. Ce soir-là, Adrian Lamo est blême, et ne mange pas. Ce soir-là, il les observe comme s'il ne comprenait pas leurs codes. Il entend leurs voix, leurs rituels. « Tu sais que j'ai croisé Mme Finn aujourd'hui ? Elle m'a demandé de tes nouvelles. » Il écoute, étranger, la petite musique des familles heureuses. « Ah oui ? Ça fait une éternité que je ne l'ai pas vue. » Il y a des temps morts, des anges qui passent et qui murmurent le manque de couleur, le manque d'extase. Adrian Lamo est comme le visiteur du zoo, qui regarde les bêtes avec un mélange d'intérêt, d'incompréhension, de curiosité et d'apitoiement. Il les regarde mettre les fourchettes dans leurs bouches. Le père, la mère, le frère, la sœur. Tous, des fourchettes dans leurs bouches. « Elle allait bien ? » Les mâchoires qui s'ouvrent et se referment. Éternelle mécanique du désœuvrement. « Des soucis de santé, mais rien d'alarmant. Son dos, je crois. » Ils mangent toujours. Adrian Lamo regarde. Est-ce donc cela, une famille normale ? Une conversation normale ? Lui aussi tient une fourchette. Mais il ne mange pas. Il appuie sa fourchette sur la nappe blanche. Son regard se fixe sur son mouvement, et sur les traces qu'il imprime. « Maman, j'aime pas les olives », dit la petite fille. « Tu les laisses sur le côté ma chérie. » Est-ce cela, la vie ? Est-ce à cela que nous sommes voués ? N'est-ce que cela ? Manger ou ne pas manger des olives ? Adrian Lamo ne quitte pas des yeux les traces de la fourchette qui s'enferre dans le tissu, on croirait l'empreinte tenace et immémoriale des skis dans la neige. Des grilles. « Les enfants des Finn ont tous quitté la maison. » C'est le père qui a dit cela. Adrian Lamo lève les yeux vers lui. Sa cheville le serre un peu plus fort encore. Les enfants des Finn ont tous quitté la maison.

Il a vingt-trois ans et il pense qu'il va mourir ici. Remonter le cours de l'enfance, jusqu'à la grande impuissance du nouveau-né, jusqu'à l'inexistence, remonter et, peu à peu, mourir.

Il le sait depuis le procès : sa carrière de hacker est finie. Le hacker sans abri, fini.

Parfois, il lui semble qu'il aurait préféré mourir. Plutôt que ça. Ce bracelet. Cette absence totale d'avenir.

Il a fermé le verrou de sa chambre et il ne l'a plus quittée depuis cet après-midi. Il ne veut plus la quitter. Douze mètres carrés, c'est plus qu'une cellule de prison. Assignation à résidence, *house arrest*, voici l'expression consacrée, *emprisonnement à la maison*. L'insipide, pense-t-il, voilà le drame, le véritable drame. C'est la nuit maintenant. Oui, probablement. Il ne fait plus la différence entre les heures, entre les lumières. Il n'aura plus jamais le droit de sortir. La cheville le gratte. Le bracelet. Il gratte, jusqu'au sang. Il gratte encore. Les traces rouges de ses ongles, parallèles. Encore des grilles. Il ressasse, sa tête part dans tous les sens. Il arrache les draps, il déteste les draps, il s'allonge sur son lit, les mains jointes sur sa poitrine, les yeux au ciel, au plafond, ce plafond tellement bas. L'enfermement. Il n'aura plus jamais le droit de sortir. Il se relève brusquement, se jette sur la table de nuit. Des cachets, une poignée de cachets. Trouver la délivrance, trouver l'envol. Le coup de hache. Avoir le droit de sortir, avoir le droit. Il se rallonge. Le calme revient. Le silence. Téléphone. Composer un numéro.

« Il faut que vous m'aidiez… Ce n'est plus possible… Il faut… Il faut me parler… »

Une voix de femme, endormie, en colère, sa voix à elle.

« Il est minuit passé ! »

C'est Gene qu'il appelle. Il ne sait pas pourquoi elle, pourquoi Gene. Son sourire, peut-être. Elle a l'air très heureuse, elle sourit toujours, il y a des gens comme cela, se dit-il, il y a des gens qui ont toujours l'air de sourire.

« J'ai besoin de vous entendre, de vous voir… J'aimerais vous voir. »

Il aurait préféré une image, un simulacre de corps, il aurait préféré la voir sur un écran, mais les ordinateurs lui sont interdits, alors il faut se contenter de cela, de la voix lointaine, brumeuse. Au bout du téléphone, Gene ne sait pas quoi dire. Elle pense à cet homme, à son regard d'eau.

« Il faut que je raccroche, Adrian, vous vous rendez compte de l'heure qu'il est ? Je travaille, demain. »

Il la retient. Il aimerait tant la retenir, la tenir.

« Attendez, supplie-t-il, attendez… Juste quelques instants… »

Gene est très calme, d'un calme distant, éthéré.

« J'attends, Adrian. »

Il écoute la nuit.

« Je voudrais vous voir, je voudrais vous connaître, vous ressentir, vous comprenez, vous toucher, être touché de vous, je ne sais pas comment vous dire cela, je ne vous parle pas d'amour, je vous parle de présence. »

Il réfléchit. Les mots se perdent.

« Je n'y arrive pas, je ne sens rien. »

Il parle seul, les émotions s'étranglent dans le téléphone, et déjà le désir s'est enfui, comme une couleuvre entre deux cailloux.

« Je voudrais pouvoir vous toucher. Je ne peux pas. Je ne peux pas vous toucher. »

Elle voudrait le réchauffer, le consoler.

« Vous délirez Adrian, allez dormir, je vous assure. »

Mais il ne veut pas dormir. Il regarde le plafond. La voix de Gene est robotique, coincée dans un téléphone sans âme. Il n'arrive pas à être avec elle. Il a commencé à s'éloigner, à s'éloigner des existences, des émotions. Il aimerait avoir une prise, retenir quelque chose, quelqu'un. S'accrocher à un bout de bois, à une main, à l'espoir d'un rivage. S'accrocher à un corps. S'accrocher. Être présent au monde. Mais il n'y a pas de main. Pas de contact. Il dérive et il le sait.

Il s'entend murmurer :

« Je voudrais être dans la vie. »

Gene ne s'avouera jamais que ce coup de téléphone l'a troublée.

Gene ne fera pas le lien entre cette conversation nocturne et le fait que, dès le lendemain, elle s'efforce d'entrer en contact avec une ancienne petite amie d'Adrian Lamo, et de l'interroger sur leur histoire, pour son article bien entendu.

Gene ne se dira pas qu'elle fait son possible, en menant cette enquête, pour trouver d'excellentes raisons de ne pas tomber amoureuse.

La jeune femme s'appelle Emma et, dès qu'elle décroche, elle parle tout bas, une voix de méfiance, une voix de rancœur, et elle demande à Gene de ne jamais mentionner son nom dans son article. Elle préfère rester anonyme, pour d'évidentes raisons de sécurité. « De sécurité ? » L'étonnement de Gene est sincère. Emma est formelle, « Oui, de sécurité, car Adrian Lamo est une personne dangereuse ». Ce n'est pas l'impression qu'il a laissée à Gene, elle n'est pas d'accord, elle pense qu'Adrian Lamo est *instable*, oui, peut-être, mais bienveillant, attentif, touchant. Certainement pas dangereux.

Mais elle écoute Emma, et elle prend des notes. Le professionnalisme. Elle ne pense pas à elle, ni même à Adrian Lamo, qu'elle n'a pas à juger, ni dans un sens ni dans l'autre. Elle pense à son article. Gene est une excellente journaliste.

« Quand j'étais avec lui, poursuit Emma, il m'intimidait avec son Taser. Mais le pire s'est produit après, quand je suis partie. Il n'a pas supporté. Il m'a harcelée, il m'a envoyé des mails anonymes chaque fois que je déménageais, pour me signifier qu'il savait où j'étais, à chaque instant. Et je ne pouvais pas me battre contre lui, car il était invisible, vous comprenez. Il contrôlait tout ce que je faisais, mais il agissait à distance. On ne peut pas se battre contre une ombre. Après la rupture, il a même hacké mon opérateur pour modifier ma ligne téléphonique. Vous vous rendez compte ? Lui seul connaissait mon nouveau numéro, puisqu'il l'avait créé. J'ai porté plainte. »

Gene continue à noter sur son carnet. Emma parle vite. Il faut suivre le rythme. Penser à l'article.

« La justice m'a entendue, j'ai obtenu une ordonnance restrictive contre lui, ce qui lui interdisait tout contact avec moi, même virtuel. À partir de là, il m'a fichu la paix. Je tiens à ce que ça dure. Je ne veux plus rien savoir de lui, je ne veux plus qu'il sache quoi que ce soit de moi. Alors, vous voyez, l'anonymat, ce n'est pas un caprice. »

En raccrochant ce jour-là, Gene se demande comment elle va intégrer ces informations à son article. Ce qu'elle osera dire. Ce qu'il faudra vérifier. Gene se demande à quoi ressemblait exactement le calvaire d'Emma, si Adrian Lamo a pris possession de sa messagerie comme il lui était si facile de le faire, s'il a effrayé les hommes qu'elle a essayé de fréquenter par la suite, Gene se demande s'il a tout su, vraiment tout su, de ce qu'elle vivait ou tentait de vivre après leur rupture, s'il a continué à tirer les ficelles, à répondre à sa place à des messages d'amour ou de désir formulés par des hommes aussitôt congédiés par la toute-puissance du hacking, Gene se demande quelle place peuvent encore tenir le secret et la liberté dans nos vies suspendues à nos ordinateurs. Gene se demande quel est le visage d'Emma, quelle est la couleur de ses yeux, et si les papillons lui fouettaient le ventre lors de ses premiers rendez-vous avec Adrian Lamo, avant, il y a longtemps. Gene se demande ce qu'il faisait, lui, ce qu'il espérait. A-t-il longtemps hacké son portable, écoutait-il ses conversations téléphoniques, l'entendait-il dire « je t'aime » à d'autres ? Peut-être restait-il seul dans le noir, éclairé par un écran mortifère, à voler des échanges téléphoniques, à intercepter des voix, allô, c'est moi, je te dérange, non, tu ne me déranges jamais mon amour, je t'embrasse très fort, à demain, tu me manques, peut-être passait-il ses journées, ses nuits à écouter cela, ces mots si banals et si puissants à la fois, à écouter une voix féminine désormais étrangère, l'oublieuse douceur aujourd'hui offerte à un autre, à épier son souffle, ses inflexions, témoin indésiré, peut-être espérait-il une forme de salut dans ces mots qui ne lui étaient pourtant pas destinés, peut-être espérait-il comprendre quelque chose comme la simplicité d'une relation humaine, la simplicité d'une affection, quelque chose qui lui semblait inatteignable, insaisissable (un amour normal, une vie normale), oui, peut-être voulait-il simplement comprendre, connaître, peut-être écoutait-il jusqu'à l'ivresse, jusqu'à la nausée.

Cet homme-là n'est pas doué pour l'attachement, pense Gene. Cet homme-là ne sait pas s'y prendre. Alors il ouvre son ordinateur, son téléphone, et il fait ce qu'il sait faire : dialoguer avec les machines, y éprouver sa puissance. Écouter les conversations des femmes qu'il aurait pu aimer, traquer leurs secrets, leurs données, changer leurs numéros de téléphone pour les punir – de quoi ? de ne l'avoir pas converti à l'amour ?

En raccrochant ce jour-là, Gene se sent étrangement soulagée. Un sentiment eût été une idée déplacée, désastreuse. Tout restera à sa place, bien ficelé par le cadre professionnel. Des rêveries, tout au plus. Mais pas de sentiments.

« Gene, ça ne va pas du tout.

— Qu'est-ce qui ne va pas ? »

Il est huit heures du matin, elle s'apprêtait à partir au travail, le téléphone a sonné et cette voix, reconnaissable entre toutes, est celle de Lester, son patron à *Wired*.

« Il est furieux. Il m'a appelé en pleine nuit sur mon portable personnel. Il m'a dit que vous aviez posé des questions inappropriées à ses amis, au sujet de sa *santé mentale*, c'est l'expression qu'il a employée. Il a menacé de cesser tout contact avec vous, d'arrêter votre collaboration, d'interdire l'article. Il était hors de lui, il répétait, "elle délire, elle va trop loin, ce n'est pas son rôle", des choses comme ça. J'ai pris votre défense, bien sûr, mais je suis bien embêté. C'est vrai que vous avez interrogé ses amis sur sa santé mentale ? »

Gene est désarçonnée. Oui, elle a appelé des amis à lui. Oui, ils ont évoqué les médicaments d'Adrian. Est-ce qu'ils ont vendu la mèche, est-ce qu'ils lui ont tout répété ?

Elle ne sait pas. Hier, elle dînait avec une amie, elle

lui parlait de cet article, des confidences d'Emma, et elles ont plaisanté ensemble. L'amie lui a dit : « Si ça se trouve, Adrian Lamo t'a mise sur écoute ! » Et elles ont éclaté de rire.

Et pourtant. *Si ça se trouve.*

Si ça se trouve, Adrian Lamo a réussi à hacker Gene, à écouter toutes ses conversations téléphoniques, depuis des semaines. Ses appels amicaux, familiaux, professionnels. Écouter, réécouter. Surveiller. Dans la pénombre, l'exiguïté de ses douze mètres carrés. Se noyer dans les voix des autres, les échanges des autres, se noyer dans leur intimité. *Si ça se trouve*, il a réussi à intercepter une conversation téléphonique entre Gene et l'un de ses amis. C'est ainsi qu'il a entendu ces questions : « Êtes-vous au courant qu'Adrian Lamo prend beaucoup de médicaments ? Qu'en pensez-vous ? » Il a entendu ces questions dans la voix de Gene, et la réponse faussement attentionnée d'un ami faussement affectueux : « Oh, oui, bien sûr, c'est inquiétant, mais *il est assez grand pour savoir ce qu'il fait.* » La vraie indifférence, toute-puissante, palpable dans les vrais échanges des vrais humains. Il les a entendus discuter, sourire, et puis raccrocher. « Il est assez grand pour savoir ce qu'il fait. » Cette phrase ne racontait pas l'amitié, mais le mépris. Peut-être qu'au fond, l'amitié a toujours le mépris facile. Un sentiment terrifiant s'est emparé de lui, une solitude vertigineuse qui ne savait plus sur qui compter.

Si ça se trouve, c'est comme cela qu'il a su.

Si ça se trouve, Gene est sur écoute depuis plusieurs semaines.

« Qu'est-ce qu'il me reproche exactement ? demande Gene à son patron. Il vous l'a dit ?

— Je lui ai posé la question. Cela tient en un mot. Il m'a dit qu'il vous trouvait intrusive. »

Gene refuse que ce projet d'article s'effondre, elle a déjà beaucoup écrit, beaucoup travaillé, elle veut poursuivre, elle veut aller jusqu'au bout. Et puis elle veut lui demander, savoir s'il l'a hackée, ou si elle devient paranoïaque, par contagion peut-être. Elle compose le numéro. Elle attend. La messagerie, une barricade. Elle connaît cette déconcertante annonce d'accueil, cette voix sardonique, faussement drôle, détachée, presque effrayante. Elle l'a déjà entendue, cette annonce, elle en connaît les mots, les modulations :

« Vous êtes sur le répondeur d'Adrian Lamo, je ne peux pas vous répondre pour le moment, à cause de problèmes de réseau, de ma distraction, ou de ma mort. Si je suis mort, sachez que je vous aime depuis l'au-delà. Ce moment que vous vivez est donc particulièrement unique. Merci et excellente journée. »

Elle retente. Entendre sa voix, sa véritable voix.

« Vous êtes sur le répondeur d'Adrian Lamo, je ne peux pas vous répondre pour le moment, à cause de problèmes de réseau, de ma distraction, ou de ma mort. »

Il marche dans Carmichael, les palmiers, les voitures, les maisons de plain-pied, la vie des Américains moyens, la vie moyenne, les avenues droites, il marche, il marche, il a laissé la colère derrière lui, il n'en veut plus à Gene, c'est à lui-même qu'il en veut, il sait qu'il est responsable, il sait qu'il n'aurait pas dû l'écouter, la pirater, épier ses conversations téléphoniques, il n'a pas pu s'empêcher, *il voulait seulement la connaître, la connaître en vérité*, voilà ce qu'il se dit, mais l'enfer est pavé de bonnes intentions, il l'a dit au juge, il le pense, il voulait seulement la connaître mais cette connaissance est illégale et nuisible, épouvantable, une violation de la vie privée, il regrette, il ne recommencera pas, il se le promet, il assumera ses responsabilités, il répondra de ses actes.

Ses amis ne s'inquiètent pas pour lui et sans doute ont-ils raison de ne pas s'encombrer de ce genre de préoccupations, « Il est assez grand pour savoir ce qu'il fait », il les a entendus, Sullivan, même Sullivan, « Il est assez grand pour savoir ce qu'il fait », il n'y avait plus d'amitié, il n'y avait plus de fil, il s'est senti trahi, mais plus maintenant, maintenant il comprend, il pardonne, il est comme eux, il ne sait pas non plus s'occuper d'autrui, être véritablement ami, il ne sait pas, personne ne sait, « Prends soin de toi », dit-on souvent au téléphone, comme si cela suffisait, comme si cela pouvait faire oublier notre abyssale incapacité à prendre soin des autres.

Il aimerait trouver le fil, le lien. Il a aimé entendre la voix de Gene au téléphone, il s'est grisé de cette voix, la voix de Gene écoutée dans la nuit, il n'aurait pas dû, cela l'a rendu fou, cette écoute solitaire, ne pas la toucher, ne pas être avec elle, se contenter d'un fantôme, d'un fantasme, cela l'a rendu fou, oui, l'enfermement dans la maison, dans la chambre, dans le téléphone, l'enfermement l'a rendu fou, il voulait seulement la connaître, il aurait tant voulu la toucher. Trouver le fil. Mais ce n'est pas trop tard, il ne recommencera pas, il assumera ses responsabilités, comme devant le juge, il va changer, il peut changer, il le sait.

Marcher, marcher encore, dans les rues droites de Carmichael, banlieue de Sacramento, il aimait beaucoup Gene, il espère que cet article - oui, bien sûr, il espère que cet article paraîtra dans *Wired*, Gene est une journaliste exceptionnelle, il n'a aucun doute à ce sujet, et il aime l'idée que l'on parle à nouveau du hacker sans abri, de cette jeunesse qui fut la sienne, car il n'est plus jeune, n'est-ce pas, il n'est plus jeune, il ne sera plus jamais jeune, c'est ce qu'il se dit en regardant les voitures et les palmiers les maisons de plain-pied et la vie des Américains moyens, il y a ce bracelet et ces parents et ces surveillances et ces deux ans et demi à tirer et quand il sortira, quand il sera à nouveau libre de ses mouvements, rien ne sera plus comme avant, le FBI l'aura à l'œil, le FBI ne le laissera plus jamais être jeune à nouveau. Alors c'est cela, c'est précisément cela qu'il faut enterrer aujourd'hui, l'idée de la jeunesse. Il est prêt. D'autres que lui vieilliront et s'agiteront dans tous les sens, ils paniqueront à l'approche de la trentaine, ils feront n'importe quoi pour justifier leur existence, des enfants, des livres, d'autres que lui renonceront à l'adolescence, mais lui, lui ne sait pas ce qu'il fera, dans deux ans et demi, quand il sera libre et vieux, quand il sera libre et laid.

C'est aujourd'hui, pense Adrian Lamo en regardant les palmiers bien alignés, c'est aujourd'hui que je dois accepter, c'est aujourd'hui que je dois vieillir.

MAI 2010
Conversation avec Bradley Manning

« Quel est ton plan pour finir la partie, alors ? » demande Adrian Lamo.

Bradass87 répond par envolées d'espoir.

« De toute façon, c'est entre les mains de WikiLeaks – Dieu sait ce qui va se passer maintenant... J'espère des discussions mondiales, des débats, et des réformes... Si ça n'arrive pas, nous sommes condamnés (en tant qu'espèce je veux dire)... J'abandonne officiellement la société si rien ne se produit... mais les réactions suscitées par la vidéo m'ont donné un espoir immense... Twitter a explosé... les gens ont vu, ont su que quelque chose n'allait pas... Je veux que les gens voient la vérité... indépendamment de qui ils sont... parce que, s'ils ne sont pas informés, les gens ne peuvent pas prendre des décisions informées, en tant que public. »

Bradley Manning poursuit : « Ou peut-être suis-je trop jeune, naïf, et stupide. »

Oui, c'est cette jeunesse, précisément. C'est cette jeunesse qui est à la fois bouleversante et insupportable. Adrian Lamo, lui, a grossi. Les médicaments, bien sûr. La vie sédentaire.

Adrian Lamo ne sait pas comment la partie va se terminer.

Adrian Lamo n'a jamais su finir les parties.

Adrian Lamo attend. Il s'est habitué à l'attente. Il en a fait une petite sœur, une petite fée. Il attend, mais il ne sait pas quoi. Il attend au rythme du clapotis sur le clavier, la petite musique des solitudes modernes. Il attend de mourir, peut-être. Ou autre chose. Quelque chose qui donnerait du sens. Une grande déflagration. Le big bang intime ou international. Quelque chose comme un événement.

4

LEE

« J'ai apprécié votre article sur Adrian Lamo, bien qu'il soit un peu guindé. Indépendamment du questionnement éthique, la véritable problématique est que nous sommes tous des *gray hats*, et il est fallacieux de présenter ce gris comme quelque chose de bizarre ou de farfelu. Ne sommes-nous pas au-dessus de l'idée selon laquelle une personne serait étrange ou naïve simplement parce qu'elle ne choisit pas un mode de vie et une carrière normaux ? Nous devons reconnaître que les gens peuvent être tout à la fois merveilleux, faibles et atypiques, sans avoir à les grimer comme des méchants de bandes dessinées. »

Vera Keller parcourt les commentaires laissés au bas de l'article de Gene, qu'elle relit sur le site de *Wired*.

Lee a rédigé ce commentaire en mai 2004, quelques mois après la publication de l'article. Lee est une jeune fille qui a toujours détesté les poupées. Elle s'intéresse au hacking, à l'informatique et à la politique. Elle vit à Gilbert, banlieue de Phoenix, Arizona.

Lee est née en 1989. Quand elle laisse ce commentaire à *Wired*, elle vient d'avoir quinze ans.

Lee est ce que l'on pourrait appeler une admiratrice ; à ses yeux, le hacker sans abri est une légende vivante.

Lee est une jeune fille puissamment intelligente, d'une maturité précoce.

Lee offre ses quinze ans à l'adulation d'Adrian Lamo, ce loup solitaire aux yeux clairs qui parcourt le pays dans tous les sens, sans jamais se poser nulle part, à la recherche de la transparence ou, si l'on veut, du bon sens du monde.

Sur Internet, Vera Keller ne trouve qu'une photo de Lee. Elle est au bras d'Adrian Lamo. C'est un site de ragots, de *gossip*, une sorte de « qui couche avec qui » racoleur et agaçant. Lee et Adrian Lamo regardent tous deux l'objectif, mais ses yeux à lui sont masqués par de grandes lunettes de soleil. C'est l'hiver, ils sont très emmitouflés, de grosses parkas noires. Lee a la tête recouverte d'une étole bleu nuit qui lui donne des allures de jeune femme russe du XIXe siècle. Ses cheveux y sont dissimulés. Vera Keller a l'impression que la végétation derrière eux est recouverte de neige, mais ce n'est pas clair. Il y a pourtant du soleil, c'est sans doute une de ces journées belles et froides qui adoucissent l'humeur parce qu'elles promettent le retour du printemps. Lee a les yeux bleus, et de minces sourcils, mais une ombre sur son visage et la faible qualité de l'image empêchent Vera Keller d'accéder pleinement à son regard. Il y a de la beauté dans le sourire de Lee, et dans la façon dont elle pose sa main gantée de laine sur l'épaule d'Adrian Lamo pour l'attirer tout contre elle, pour l'encourager à regarder l'objectif comme elle, *avec* elle, comme si le langage des corps face à un appareil photo suffisait à faire exister ou renaître un amour – on dit bien qu'aimer, c'est regarder dans la même direction. Leurs têtes se collent. Son sourire à lui est fugitif, presque inexistant. Il a déjà pris un peu d'embonpoint et il semble absent au monde.

Sous cette photo, le site racoleur et agaçant précise qu'ils ont été mariés de septembre 2007 à mai 2009.

Vera Keller sait que ces dates sont exactes.

Il l'aime tout de suite. Il aime tout chez elle. Elle est la vie.

Adrian Lamo goûte enfin à la liberté, après trois années hors du monde, « trois années d'exil », a-t-il dit aux journalistes. Il a rendu son bracelet électronique. Il ne doit plus rien à personne.

Lee a dix-huit ans quand il la rencontre, en 2007. Lui, vingt-six.

Il l'aime tout de suite, et il l'épouse. Quand on rencontre la vie, on l'épouse. Adrian Lamo est un homme comme cela, un homme capable d'épouser une femme qu'il vient de rencontrer.

C'est parti. Quinze minutes montre en main. Quinze minutes pour se marier. Un pari, un jeu. Ils se connaissent à peine. Le rire de Lee, un rire incroyable. La vie.

Quinze minutes. D'abord, la licence de mariage. Aller la chercher chez le greffier du comté. Bonjour, merci, à tout à l'heure.

Plus que douze minutes. Il faut choisir un lieu pour la cérémonie. C'est fait : ce sera le trottoir, devant le bureau du greffier.

Le rire incroyable de Lee.

Plus que dix minutes. Pour cette cérémonie, il faut aussi un ministre ordonné. Ça tombe bien, Adrian Lamo est un ministre ordonné depuis 1998. C'est un jeu d'enfants, on peut le faire en ligne, sur le site Universal Life Church, ULC.org. En trois clics, vous voici homme d'Église. Évidemment, Adrian Lamo ne peut pas officier lui-même pour son propre mariage, mais, explique-t-il à Lee, « être ministre ordonné, c'est un peu comme être zombie : on peut en créer de nouveaux ». ULC encourage à répandre la bonne parole.

Un ami d'Adrian Lamo a accepté de venir. « Un ami vivant », précise-t-il à Lee. Et hop, voici l'ami ministre ordonné à son tour.

Plus que cinq minutes. Il y a du passage sur le trottoir. Maintenant, il faut un témoin. « Hé, monsieur l'agent, nous nous marions, voudriez-vous être notre témoin ? On vous libère dans cinq minutes, promis. » C'est un agent de la circulation. « Avec grand plaisir, messieurs dames, si ça peut vous dépanner. » Il est du genre débonnaire, compréhensif.

Trois minutes.

« Je vous déclare mari et femme », dit l'ami sur le trottoir. « Merci monsieur l'agent, au plaisir », lance Adrian Lamo au témoin qui s'éloigne aussitôt, « À votre service, tous mes vœux de bonheur à vous deux, bonne journée ».

Les baisers ont le goût délicieux de l'humour, et la Californie est radieuse, aujourd'hui.

Deux minutes. Retour à l'intérieur du bureau du greffier, avec la licence remplie, datée et signée par les mariés, le ministre et le témoin.

Regards ahuris du greffier, derrière ses lunettes de premier de la classe. « Vous vous êtes vraiment mariés en quinze minutes ? » Il n'y croit pas. Il vérifie. Paraphes, cases cochées, autographes. Tout est en ordre, il n'a pas le droit de refuser le papier. « Félicitations », concède-t-il aux jeunes mariés du bout des lèvres, perplexe.

Sa tête.

Le rire, l'amour incroyables de Lee.

Adrian Lamo n'y peut rien : il a toujours été du genre débrouillard.

« Le 70 Bates Street à Washington, demande Vera Keller, est-ce que cela vous dit quelque chose ? J'y suis allée, vous savez. Personne ne le connaît, là-bas. J'ai regardé le registre des anciens locataires, le nom d'Adrian Lamo n'apparaît nulle part. C'est pourtant l'adresse que l'on a retrouvée sur son corps, inscrite sur une étiquette qui mentionnait Project Vigilant. »

Lee ne connaît pas le 70 Bates Street. Elle n'est jamais allée à Washington avec Adrian Lamo. Il lui a très peu parlé de Project Vigilant, ils étaient déjà séparés à cette époque.

Vera Keller posera d'autres questions à Lee. Que pensez-vous de la mort d'Adrian Lamo ? Quels souvenirs garderez-vous de lui ?

Lee dressera un portrait fidèle à l'amour qui a été le sien, sans le trahir, sans se trahir. Lee racontera des fragments de mémoire et regrettera immédiatement d'employer des mots inexacts, réducteurs, de ces mots qui font passer les souvenirs pour des anecdotes. Ce n'étaient pas des anecdotes, pensera-t-elle, comment vous expliquer cela, ce n'étaient pas des événements futiles, ou alors cette futilité était l'autre nom de la vie même.

À Vera Keller, elle dira : « Il aimait faire advenir l'extraordinaire. »

Elle cherchera ses mots.

« Que vous dire. Je savais, pour les médicaments. Il était fragile. Je le savais. Je voulais l'aider, vous comprenez. Nous avons eu des moments d'un bonheur inimaginable. C'était un être solaire. Il était aussi cela. »

Elle cherchera d'autres mots. Elle voudrait tellement dire la vérité. Dire : Adrian Lamo. L'impuissance de ses mots à rendre compte de ce qu'il était, précisément, justement, cette impuissance la déchire.

« Que vous dire. J'ai aimé Adrian Lamo avant même de le rencontrer. »

Elle se souviendra de cette lettre trouvée par terre, sans timbre. « Jo Ferguson, 333 Alabama Street, San Francisco », avait tracé une main hésitante et gracile, étourdie au point d'omettre l'affranchissement. Lee marchait au bras d'Adrian Lamo, très peu de temps après leur mariage. « On va la remettre nous-mêmes, avait-il décidé. Ce n'est pas compliqué, on va trouver le destinataire. » Ils avaient foncé en voiture, roulé jusqu'à San Francisco, cent cinquante kilomètres, ils avaient rejoint l'adresse. Ils avaient sonné, attendu – la porte s'ouvrait, un très jeune homme, que puis-je faire pour vous ? Ils lui avaient remis l'enveloppe en mains propres, c'est pour vous, voilà, bonne journée, bonne lecture, j'espère que c'est une lettre d'amour.

Elle se souviendra de ce téléphone portable que quelqu'un avait oublié dans un bureau de poste. Ils avaient retrouvé les coordonnées de la propriétaire, avaient traversé Sacramento pour se rendre chez elle. C'est une vieille dame qui leur avait ouvert. Ils lui avaient tendu le téléphone, elle n'en revenait pas. Pour les remercier, elle était allée acheter des fleurs et des chocolats, et leur avait offert le thé. Ils étaient restés un long moment dans son salon solitaire, ils avaient discuté de tout et de rien comme le font les inconnus bienveillants – parler de la pluie et du beau temps leur faisait du bien, un retour aux sources, une irruption bienvenue de la simplicité, de la vie comme elle va, dans ses détails anodins et bouleversants. Les fauteuils du salon crissaient d'être si peu utilisés. La dame avait raconté la mort de son mari, et le silence de ses enfants. Au moment de partir, elle les avait serrés très fort dans ses bras, tous les deux, et quelques instants plus tard, dans la rue, les yeux clairs de Lee s'étaient égarés au bord des larmes. Elle pleurait de joie, pensait-elle, de joie ou de beauté.

Ils n'avaient jamais revu ces personnes aidées le temps d'un hasard, l'espace d'une étreinte ou d'une rose. C'étaient des tendresses volées, des jeux de l'oie dans la ville, des enquêtes de gamins, c'était aussi leur plaisir de rendre service à de parfaits inconnus, une vraie générosité maquillée en faux poisson d'avril – peut-être les hacks d'Adrian Lamo n'avaient-ils jamais raconté autre chose que cela, cet étrange point de rencontre entre l'aumône et la farce. Avec Lee, quelque chose de l'avant-*New York Times* renaissait, quelque chose comme le goût de la surprise.

« Il y avait toujours une aventure à vivre », dira Lee à Vera Keller.

« Je te présente Adrian, maman. Adrian est mon mari. Voilà. Je suis partie en vacances en Californie, et j'ai ramené un mari. »

C'est un jour de 2007, à Gilbert, banlieue de Phoenix, Arizona. Adrian Lamo est chez les parents de Lee, et les voit pour la première fois.

Lee ne fait rien pour retenir son sourire, tout est incongru, tout lui semble drôle. Elle leur a joué un tour, elle si sage d'habitude. Elle ne s'excusera pas, le bonheur l'emporte toujours sur le remords.

Les parents de Lee font comme si tout était normal, ils n'aiment pas le conflit. Adrian Lamo a l'air bien élevé, intelligent, et si gentil. Ils vont apprendre à le connaître, et ils s'en réjouissent ; ils ont toujours fait confiance à Lee.

La mère, maquillée, cheveux courts, châtain clair, une teinture, la mère le précède, orchestre la visite de la maison. « Et voilà la salle de bains... » Adrian Lamo se penche, passe la tête, regarde. La salle de bains est spacieuse, clinquante, revêtue de carreaux céruléens. Une baignoire généreuse, douche à l'italienne, paroi de verre. À côté du lavabo, une modeste étagère attire son attention. Il y a là tout un attirail de pharmacie ; le regard d'Adrian Lamo attrape une boîte de Xanax, placée très en évidence. Cette boîte. Ce Xanax. Il imagine, il comprend : dans cette famille parfaite, à quelqu'un, un jour, on a prescrit ce dérisoire remède à l'absurde. Elle, sans doute, oui, la mère, avec sa teinture et son discours hospitalier. « Vous pourrez l'utiliser autant que vous voulez, moi j'utiliserai la salle de bains de mon mari, en bas... »

Quelques pas dans le couloir les approchent d'une porte entrouverte. Ils s'arrêtent. « Voilà. Je suis très contente de vous rencontrer, Adrian. » Adrian Lamo ne sait que répondre. « Vous êtes ici chez vous, poursuit la mère. Je vous laisse vous installer. » Elle s'éloigne, disparaît, les pas qui se meurent en descendant l'escalier, et la solitude, le malaise d'Adrian Lamo, un éléphant dans une douche à l'italienne. Non, il n'est pas chez lui, ici. Il frôle la porte entrebâillée : Lee est là, dans la chambre, sa chambre d'enfant, sur le lit.

Il la rejoint, s'installe à ses côtés, saisit son sac, dépêtre son ordinateur portable, le pavane sur ses genoux, commence à pianoter.

Lee vient se coller derrière lui, faufile ses bras autour de son cou, elle dit, « Je suis contente que tu sois là », et c'est une voix si douce. Adrian Lamo ne réagit pas, il contemple toujours son ordinateur, il s'enquiert d'un air distrait : « Ta mère prend du Xanax ? » Lee est décontenancée, la voix se charge d'affliction, elle explique, elle explique et c'est une façon de s'excuser, « Elle en a pris à un moment, mais très peu, juste un cachet de temps en temps, quand elle avait des crises d'angoisse ». Lee lui caresse les cheveux, cajoleries, promesses, la lenteur de sa main a la couleur de l'apaisement, mais Adrian Lamo s'agriffe à son ordinateur. « Ma mère a l'air de bien t'aimer, je suis contente », dit la voix douce de Lee, et Adrian Lamo ne lâche pas l'écran : « Tu avais peur qu'elle ne m'aime pas ? » Lee l'embrasse sur la tête pour esquiver la question : « Je suis contente qu'elle t'aime bien. » Il pianote toujours, clavier, percussions, elle lui mordille l'oreille, il n'y fait pas vraiment attention. Les doigts de Lee se glissent sous la chemise de l'homme aimé, défont un bouton. La paume sur le torse, impudente. L'autre paume s'aventure sur l'ordinateur, le rabat tranquillement, « Lâche ça, pour une fois », elle fait taire la machine, elle supplie l'intimité. Les doigts dans les cheveux courts d'Adrian Lamo, les doigts qui cherchent à faire chavirer, à convaincre, et la bouche qui cherche la bouche, la sensualité qui cherche la sensualité, mais Adrian Lamo se laisse faire sans enthousiasme, « On est chez tes parents », dit-il, Lee ne se laisse pas décourager, elle défait un à un les petits boutons noirs de la chemise d'Adrian, lentement, vers le ventre, vers le sexe, « Et alors », répond-elle avec défi, « et alors », il fait une autre tentative pour la décourager, « Ils sont juste à côté », elle l'embrasse encore dans le cou, des essaims de baisers, « Et alors », répète-t-elle, et d'un regard alarmé il dénonce la porte de la chambre, « Ils pourraient nous surprendre », quand subitement Lee se déprend de lui, se lève, va fermer la porte et, d'un geste irrécusable, pousse le verrou. Dos à la porte, elle affronte le regard d'Adrian Lamo, témérité, impatience, et elle prononce ces mots en les détachant, comme dans un jeu dont il ignorerait les règles : « Et – maintenant

– tu – n'as – plus – d'excuse. » Elle ôte langoureusement son tee-shirt effronté, puis sa culotte effrontée, belle, oui, elle renverse Adrian Lamo sur le lit, grimpe vers son visage étendu, vers sa reddition, elle cueille ses lèvres, et de ses doigts décidés dénoue la boucle revêche de sa ceinture.

Alors, alors seulement, Adrian Lamo cesse de penser à son ordinateur, et laisse ses mains vagabonder sur le dos nu de Lee.

Cette nuit-là, dans la maison rongée par le silence, Adrian Lamo ne trouve pas le sommeil. La tête cherche sa place dans les grincements de l'oreiller. Il détaille le visage endormi de Lee, un visage paisible, aux traits détendus. Parfois elle a l'air d'une petite fille, parfois au contraire elle semble avoir tant vécu, tant compris. S'il ne la connaissait pas, il ne saurait pas lui donner d'âge. S'il ne la connaissait pas, il ne saurait pas lui dire bonjour. S'il ne la connaissait pas, il ne saurait pas la toucher. Il ne saurait pas l'aimer. Mais il ne la connaît pas. Il ne sait pas. Cette femme qui est endormie à côté de lui, il ne sait pas, il ne saura jamais comment *être avec elle*, comment être vraiment avec elle, voilà la certitude dans laquelle s'égarent ses pensées ombrageuses, il ne sait pas la toucher, l'atteindre, il ne sait pas. Ses doigts se perdent sur le bras indolent de Lee, elle ne se réveille pas, elle est loin, loin dans ses songes, elle ne le sent pas, elle ne le sent jamais, jouit-elle seulement, fait-elle semblant, il ne sait pas. Peau contre peau, est-ce que cela suffit, est-ce que cela suffit pour se rencontrer, pour se connaître ? Non, cela ne suffit pas, cela ne suffira jamais.

Les doigts abandonnent le bras de Lee, ils renoncent, et Adrian Lamo se lève doucement. Il veut sortir de la chambre. Bruissements de la porte, il hésite, il craint de la réveiller, tant pis, il prend le risque, il tire le battant, un coup sec. Lee dort toujours.

Le couloir est désert, plongé dans la nuit. Personne ne le verra, personne ne saura. Au loin, un tic-tac insistant. Il sait où il va. La salle de bains. Il ouvre la porte. Le doigt sur l'interrupteur, machinal. La lumière est crue, violente, il l'éteint immédiatement. Il se ravise, allume à nouveau. Le bleu céruléen. L'attirail de pharmacie. La main qui s'élance presque d'elle-même, qui s'élance vers la boîte de Xanax.

Un à un, il sort les comprimés. Il vide la plaquette dans sa paume. Vite, tout avaler. « Quand elle avait des crises d'angoisse », a dit Lee en parlant de sa mère. La paume vient se plaquer sur sa bouche, puis le visage se précipite au robinet, vite, boire, tout avaler. Non. Ce n'est pas ça, pas pour lui. Ce ne sont pas « des crises ». C'est *l'angoisse*. C'est elle. Elle est revenue. En fait, elle n'est jamais partie.

Demain est un autre jour. Le soleil inonde la pièce, une matinée idyllique. La salle à manger est parfaite. Tout est parfait. Bibelots de porcelaine, jolis meubles, nappes en dentelle et tableaux du grand-oncle au mur. Lee, son père et sa mère sont assis autour d'une longue table rectangulaire, ils dégustent leur petit déjeuner dans un service assorti. Jus d'orange frais, thé, café, œufs brouillés, fromage, tartines grillées, confitures rouges, jaunes, violettes. Les couleurs, les odeurs sont divines. Un délicieux concerto s'échappe d'une platine à CD. Du Mozart.

Une chaise est vide autour de la table. Lee explique : « Il a besoin de sommeil en ce moment. — Ici, c'est idéal pour récupérer, il a raison d'en profiter », commente le père. Bienveillance. La mère rebondit : « On pourrait aller se promener, cet après-midi ? »

Un bruit attire leur attention, des marches qui crépitent. C'est lui. Adrian Lamo descend l'escalier lentement, arrimé à la rampe. Il s'approche lourdement de la famille, le regard embrumé. Il a enfilé une robe de chambre blanche, à peine fermée, qui laisse largement entrevoir son torse, ses jambes, des poils, de la chair. Les parents osent à peine le regarder, la gêne s'est invitée à leur table. Adrian Lamo est livide. Marcher lui est difficile, cela saute aux yeux, il titube presque. Il réussit à s'approcher de la chaise, il l'attrape, il s'assoit. Ça y est, il est assis.

Le père et la mère de Lee échangent un regard de tacite inquiétude. La mère adopte un ton excessivement poli, comme on le fait parfois pour masquer l'embarras. « Bonjour Adrian, voulez-vous du café ? » Adrian Lamo lève insensiblement les yeux vers elle, il la regarde sans la voir, il ne dit rien, il n'arrive pas à parler. « Ça ne va pas ? » s'inquiète gentiment la mère de Lee. Il fait des efforts gigantesques. Il doit parler. Il sait qu'il doit parler. Il y parvient. Des mots s'écoulent. « Si... Ça va... Je ne suis pas... très bien réveillé... » La mère sourit. La phrase semble avoir fait l'affaire. Lee prend la petite tasse et la remplit de café, puis elle la repose devant lui, « Tiens, ça va te faire du bien ». Elle appuie sa main sur le front d'Adrian Lamo, comme on le ferait avec un enfant malade, il sourit, il redouble d'efforts pour parler, pour rassurer, « Ça va, répète-t-il, ça va ». Ils poursuivent leur petit déjeuner, les confitures rouges et violettes passent de main en main, couleurs pétaradantes, un grand ballet de tartines, Mozart est si beau, si harmonieux, le soleil si éclatant, on entend même les oiseaux chanter. Cet étalage de bonheur lui soulève le cœur. Il n'avale rien, il ne peut rien avaler. La mère de Lee mord sa tartine. « On pourrait aller au bord du lac... comme quand tu étais petite... »

Adrian Lamo regarde cette tasse de café, aimablement servie par Lee. Elle est un peu loin de lui. Elle est beaucoup trop loin. Oui. Lee l'a posée trop loin. Il ne parviendra jamais à l'atteindre. « C'est un lac superbe, ajoute le père de Lee, surtout à cette saison. On pourrait même louer un bateau. Vous avez le pied marin, Adrian ? » Mais Adrian s'est égaré quelque part dans la tasse de café, il voudrait l'atteindre, il voudrait tellement. Il ne répond pas, il ne peut même pas le regarder, il a entendu, mais il ne peut pas bouger. « Adrian ? » renchérit Lee, il a entendu la voix de Lee, il la reconnaît, Lee est amoureuse de lui, il ne faut pas la brusquer, alors il fait mollement « oui » de la tête, puis il revient à la tasse de café, ce café si noir, si noir, il a soif, il voudrait réussir à prendre la tasse, à boire.

Lee hasarde une justification prudente, « Il n'est pas du matin ». La mère s'empare de cette phrase pour changer de sujet, « L'autre jour, j'ai lu un article sur les gens du matin et les gens du soir, justement », elle va vite, elle sourit, elle veut oublier les yeux hagards d'Adrian Lamo et la robe de chambre entrouverte, oublier le torse poilu et le visage pâle qui s'offrent à eux, oublier sa présence discordante, « Il paraît qu'il y a vraiment une différence biologique, quand on est né le soir on a plus de chances d'être en forme tard dans la journée ». Adrian Lamo n'entend rien, il n'entend plus. Il tend gauchement le bras vers la tasse noire, vers le café, cela va le réveiller, c'est sûr, s'il l'attrape, le café le réveillera, le café le sauvera, « alors que quand on est né le matin, on a tendance à se lever tôt, spontanément, c'est drôle, hein », dit la mère, les doigts d'Adrian ne sont plus tellement loin de cette tasse noire, les doigts devraient y arriver, ils *doivent* y arriver, « Oui, c'est drôle », a acquiescé le père de Lee.

Les doigts y arrivent, ça y est, ils y sont arrivés, Adrian Lamo atteint la tasse, il la saisit, il la soulève, difficilement, le bruit de la tasse qui vacille sur la soucoupe, ce bruit est un vacarme, une agression, il bouge la soucoupe, il l'approche de lui. « Toi, tu as toujours été fraîche comme une rose dès les premières heures, ma chérie », dit le père à Lee, tandis qu'Adrian Lamo soulève doucement, très doucement, la tasse de café, et la porte à ses lèvres dans un tremblement, la voix du père qui continue, qui ne s'arrête pas, « Vous a-t-elle raconté que quand elle était petite, elle nous réveillait tous les dimanches matin en jouant du piano », il monte, il monte le café vers son visage, il voudrait tellement être réveillé, être là, être vivant, il voudrait tellement, mais il tremble, il voudrait ne pas trembler mais impossible, il a entendu le père, *jouer du piano*, il tremble, le café déborde par petites gouttes noires qui s'égrènent sur la nappe en dentelle, c'est trop tard, alors Adrian Lamo parle, alors il entend ces mots qui dévalent de sa propre bouche : « Il dort, le musicien... »

Tout le monde le regarde, Lee, le père, la mère, tout le monde s'inquiète, et le père demande simplement, « Quel musicien, Adrian ? », comme s'il y avait une réponse possible à cette question, comme s'il priait pour qu'il y ait une réponse possible, une réponse rationnelle.

Adrian Lamo boit une gorgée. Mais il ne sent pas le café, il ne sent rien. Cela ne lui fait rien. Il redescend la tasse. Séisme. Tout est noir. D'autres mots sortent de sa bouche : « Il est tombé dans l'eau... »

Les regards médusés de Lee et de ses parents. Tandis qu'elle regagne la table, la tasse bascule, vertige, ça y est, tout est perdu, il renverse tout le café sur sa robe de chambre, sur son torse, sur sa peau, c'est chaud, trop chaud, la tasse vide s'effondre sur la soucoupe, couchée, morte, et puis plus rien, il n'entend plus rien, un filet de vomi commence à couler de ses lèvres, il tombe de sa chaise, écroulement, éboulement, le goût du vomi, il voit le plafond, rien que le plafond, et ces voix, cette panique autour de lui, ces mains, ces yeux qui se précipitent, et un cri, une voix comme un cauchemar, celle de Lee peut-être : « Adrian ! »

C'est Lee qui conduit la voiture. Il n'y a personne d'autre sur la route. Adrian Lamo regarde le paysage pressé, de l'autre côté de la fenêtre. Il a la tête penchée, le regard perdu dans les arbres qui se fondent. « Tu ne peux pas faire ça, tu ne peux tout simplement pas faire ça », a dit Lee, elle est en colère, une colère froide, rocailleuse, elle regarde la route, plutôt crever que de le regarder lui, elle lui en veut tellement. « Tu n'imagines pas à quel point c'est humiliant. Tu es complètement irresponsable. Tu te détruis, tu me détruis avec toi. Je refuse, tu entends, je refuse d'être humiliée comme ça. » Adrian Lamo ne dit rien, il est toujours absorbé par la vitre. Le soleil joue à cache-cache derrière les feuillages noyés dans la vitesse. La colère de Lee ne tarit pas. « Tu t'es demandé une seconde ce que je pouvais ressentir ? » Elle déteste les scènes de ménage. Penser qu'elle est précisément en train d'en faire une lui est insupportable. Elle essaie de se contenir, de parler posément. Elle se reprend. Une profonde inspiration. « Il faut que tu arrêtes. » Adrian Lamo n'a pas envie de la regarder. Il ne sait pas quoi répondre. Il ne sait pas quoi penser. Il sait une chose : il n'a aucune envie d'arrêter. Alors il répond à Lee. Il dit : « J'aime ça, j'en ai besoin. » Il regarde toujours les feuillages. Le soleil a disparu. Elle crie. « C'est pas des bonbons, putain ! »

Le cri de Lee le déloge un temps de sa léthargie. Cette fois, il tourne la tête et la regarde. Il n'avait jamais remarqué la froideur de ses yeux, ils ne sont pas vraiment bleus, se dit-il, *gris* plutôt, un ciel d'hiver, quelque chose d'une fureur nordique, implacable. « Qu'est-ce que tu cherches, demandent les yeux gris de Lee, qu'est-ce que tu crois que ça va t'apporter, ça te détruit, tu ne vois pas comme ça te détruit ? » Adrian Lamo regarde les rides d'expression qui se forment au coin des yeux de Lee, c'est curieux, une si jeune femme, il ne regarde que le mouvement de ces plis, petite valse de serpentins défaits, la fête est finie, se dit-il, circulez, il n'y a rien à voir.

« Tu ne peux pas être simplement content de ce que tu as ? » Lee est calme maintenant, une voix veloutée, elle voudrait tant le convaincre. « Tu ne peux pas vivre simplement avec moi ? Tu ne vois pas... Tu ne vois pas que tu pourrais t'appuyer sur nous... sur notre amour... On pourrait vivre tranquillement tous les deux... *normalement*... »

Adrian Lamo n'a pas aimé ce mot. Soudain, les petits plis des yeux de Lee lui apparaissent comme ceux d'une mégère assommante, la très vieille dame qu'elle deviendra, qu'elle est peut-être déjà. Soudain, il pense qu'il n'aime pas cette femme. Sa voix se dessèche presque malgré lui. « Je ne veux pas vivre normalement, je ne veux pas être normal. Je n'en veux pas, de cette vie-là. » Lee tourne la tête vers lui. Cette dureté la laisse interdite. Il continue. « Tu croyais quoi ? Que tu pourrais me sauver ? Me ramener dans le droit chemin ? Mais tu te rends compte de la pauvreté de ton idéal ? Tu crois vraiment que j'ai envie de finir comme tes parents ? » Maintenant, il a vraiment pris la parole et le pouvoir. Elle ne sait plus quoi répondre. Il parle encore. Il crie, peut-être : « Ce n'est pas de l'amour, ce que tu me proposes, c'est de la médiocrité en boîte. »

Lee freine brutalement. Elle tend le bras, ouvre la portière d'Adrian Lamo, qu'il sorte, qu'on en finisse. Le moteur tourne toujours. Le moteur attend.

Adrian Lamo est sorti, il ne voulait pas lutter. Il est seul auprès des arbres désormais immobiles. Une pancarte jaune présage de possibles animaux sauvages. La voiture s'éloigne. Il reste planté là. Il regarde la petite tache grise s'enfoncer vers l'absence.

Et puis, la petite tache grise fait demi-tour, tout là-bas.

La voiture de Lee revient le chercher.

À Vera Keller, Lee avoue qu'Adrian Lamo passait « quatre-vingt-cinq pour cent de son temps » derrière un ordinateur. À Vera Keller, Lee avoue aussi que c'est son père à lui qui payait leur loyer. Qu'Adrian Lamo « refusait de travailler pour de l'argent », qu'il refusait de « prostituer ses talents ». À Vera Keller, Lee avoue que l'activité principale d'Adrian Lamo consistait à choyer sa propre image sur Internet. Qu'il pouvait passer des jours entiers prostré, enfermé chez eux, derrière son ordinateur. Mais que, sur Internet, sa réputation était sauve.

« Les gens le voyaient comme une star du hacking. »

Vera Keller écoute, et imagine. Elle imagine un homme reclus, étranger même à sa propre épouse, drogué à mille substances, désespéré, enfermé dans sa chambre, là, derrière son écran qui le protège de tout, qui le protège de la vie, un homme reclus qui passe ses journées à forger, sur la toile, une image resplendissante, aimante, radieuse, une image à laquelle tout le monde croit et que tout le monde admire. Il est, il doit continuer à être le hacker sans abri, le jeune prodige, celui qui a pris le contrôle de NBC en cinq minutes, celui qui a fait vaciller le *New York Times* à vingt-deux ans, le poète surdoué des immeubles désaffectés. Il est devenu deux ; il s'abîme dans la destruction, mais s'applique à faire briller le masque qu'il pose délicatement sur son visage ravagé. Le monde y croit – le monde est crédule. Faisons-nous autre chose, nous qui aimons faire l'étalage virtuel de nos réussites, et taire la moindre de nos failles, de nos ombres ? Faisons-nous autre chose, nous qui nous réinventons quotidiennement sous la forme de photos et de commentaires numériques, nous qui construisons sur nos réseaux l'être solaire que nous aimerions être et que nous ne serons jamais ? Adrian Lamo est liké, suivi, adulé, jalousé peut-être, et pendant ce temps-là, Adrian Lamo se meurt.

Il a lu dans différents articles qu'il était possible de « hacker son corps ». L'idée est de prendre le contrôle de lui-même, de ses comportements, de son corps étranger, impuissant, ennemi, ce corps qui le menace et auquel il préfère les écrans, prendre le contrôle, domestiquer la carcasse à coups de médicaments. Ce *body-hacking*, comme il le nomme, le conduit à toutes sortes d'ingestions. Anxiolytiques, vitamines en tout genre, racine de valériane, kratom, somnifères. Le kratom est légal dans la plupart des États et Adrian Lamo le consomme sous forme de poudre. Il soutient que cela agit sur les mêmes récepteurs cérébraux que les opiacés.

Cette camisole chimique qu'il s'impose à lui-même, et qui est comme une victoire sur sa propre chair, il se persuade peu à peu qu'elle lui est indispensable.

Le mystère du corps humain, des gestes, des sensations,

oppose une résistance à la maîtrise, une zone d'incompréhension et de secrets – pour être son propre corps, sans doute faut-il accepter de ne pas le comprendre. Le corps d'Adrian Lamo, lui, est devenu comme n'importe quel réseau informatique : un terrain à conquérir, et à contrôler, fût-ce au prix de la destruction.

MAI 2010
Conversation avec Bradley Manning

« Et toi ? » écrit Adrian Lamo.

« Je suis une épave, répond Bradley Manning.

Là tout de suite, je ne suis rien d'autre qu'une putain d'épave. »

5

LE DOCTEUR WILKES

Un parking de supermarché presque désert, en fin de journée, dans le nord de la Californie. Quelques voitures bleues et blanches parsèment encore l'étendue grise, mais Adrian Lamo est seul, seul avec ses vingt-neuf ans et son récent divorce. Il fait gris, une pluie imperceptible. De grandes lettres lumineuses surplombent la devanture : SAFEWAY. La sécurité, oui, la sécurité. Il cligne des yeux, longuement. Il regarde autour de lui. Il aimerait une présence humaine. Rien. On croirait quelque chose comme le silence, tout est tellement gris, tellement opaque. Il est essoufflé, une respiration lourde, dévoyée. Un couple d'une quarantaine d'années traverse le parking avec un caddie rempli de choses inutiles. Ça y est, c'est la normalité qui passe, pense Adrian Lamo, c'est la vie, la vie et ses achats inutiles, ses courses du mercredi soir, la vie, il ne faut pas la rater, il faut aller lui parler. Il s'approche lentement d'eux, vitreux, il bredouille, « Vous avez... vous avez vu... mon sac... ? ». Le couple a un bref échange de regards, on les dirait intrigués par cette apostrophe étrange, ils pensent peut-être qu'ils ont affaire à un clochard, à un fou, alors la dame fait non de la tête, ils baissent les yeux, ils poussent leur caddie de gens normaux, ils s'éloignent, ça y est, ils ont disparu, il est seul.

Il tourne sur lui-même, il peine à tenir debout, il cligne des yeux, encore, longuement, encore, il faudrait les maintenir ouverts, c'est ça, garder les yeux ouverts, réussir à voir, il le faudrait, mais c'est trop tard peut-être, il n'a plus son sac, c'est tout ce qu'il réussit à penser, *je n'ai plus mon sac*, cette pensée tape dans son crâne comme un verre de trop, il se dit qu'il va perdre connaissance, le trou noir, c'est ça, le coma, ou la mort peut-être, et il reverra sa vie défiler et sa liberté ses vingt ans et le FBI et l'arrestation et la famille la banlieue le bracelet et pourquoi pourquoi pourquoi cette impression de n'avoir plus de corps plus de vie plus rien, on lui a tout pris, mais quoi exactement, il y avait du sens avant, dans les égouts, les ordinateurs, les immeubles, le chat, Alibi, tiens, il est mort d'ailleurs, ce chat, *je n'ai plus mon sac*, c'est ce qu'il pense, *je n'ai plus mon sac ils m'ont pris mon sac il me faut mon sac avec mes médicaments*, il pense *ils m'ont pris mon sac et mes médicaments je vais mourir* et il cherche, il essaie de se souvenir du goût de la liberté, quelque part dans un car qui traversait le pays d'ouest en est et d'est en ouest et quelque part dans des clics qui surfaient sur la désinvolture et l'irrévérence, il y a longtemps quand tout était permis, quand il n'avait pas d'attaches, pas d'argent, pas de passé et pas un gramme de tristesse, il était doué alors, il sait qu'il était doué, mais c'est si loin tout ça.

Il regarde autour de lui, il tourne, il tourne toujours, il n'y a personne, ils sont tous partis, peut-être qu'ils sont tous morts, il fait si gris, il fait si triste, et ce sac qui a disparu, ce sac qu'on lui a volé sans doute, il y a tellement de voleurs, il pense, *comment je vais faire, comment je vais faire sans mes médicaments*, il voit sa mort et sa mort a le visage d'un parking de supermarché désert, un mercredi soir, en banlieue.

Il a vu un petit box avec les lettres PHONE, et un combiné noir attaché à un fil, retrouver le sac, oui, il faut retrouver le sac, il prend le téléphone, cherche dans sa poche, il insère des pièces de monnaie, cliquetis, numéro, police, la tonalité, il attend, il attend et il a tellement peur, l'angoisse, mais de quoi, il ne sait pas, il n'a rien à répondre, les médecins lui ont souvent demandé et il n'a jamais rien eu à répondre, car l'angoisse n'a pas d'objet, ni de sens, elle est là, simplement, comme une compagne un peu encombrante, ou une mère intrusive, oui, elle est cette mère que le nouveau-né confond avec la vie même, comme elle l'angoisse nourricière prend les traits de la vie, on ne fait plus la différence, *il* ne fait plus la différence.

Ça y est, ça décroche à l'autre bout du fil, alors il parle, il ne reconnaît pas sa voix mais il l'entend, il s'entend, « Adrian Lamo... Je vous appelle du Safeway... Je veux... Je veux signaler un vol... Il faut... Il faut que vous veniez... Mon sac... Le Safeway... Oui c'est ça, le Safeway... »

La nuit est tombée, maintenant, sur le parking. Les quelques voitures ont disparu. Deux hommes en uniforme entourent Adrian Lamo et parlent avec lui. À côté d'eux, une voiture de police. Il leur parle. Il essaie de leur parler. « Je n'ai pas... réussi à le rattraper... Il est parti par là... Ou par là... Il est parti... Je n'ai pas réussi à le rattraper... Les médicaments sont dans mon sac... Les médicaments. » C'est une voix éteinte, monotone, très lente, désincarnée, le regard est éteint lui aussi, non, il ne regarde pas ses interlocuteurs, il n'arrive plus à regarder, à voir, il fait tellement nuit, c'est invraisemblable, l'épaisseur de cette nuit. Les épaules se soulèvent, les paupières continuent à cligner, ça y est, il a perdu le contrôle de son corps, il ne comprend plus ce qui se passe, il répète, les médicaments, les médicaments.

Les deux policiers échangent un regard sceptique, soucieux, ils se mettent d'accord sans se parler, l'un d'eux s'éloigne, sort son téléphone. L'autre reste avec Adrian Lamo. Il est gentil. Il s'efforce de lui parler comme si tout était normal, il fait semblant. Il demande : « Ça s'est passé à quelle heure ? » Mais Adrian Lamo n'arrive pas à répondre, c'est trop difficile. Alors le policier pose une nouvelle question : « Vous avez pu voir la personne qui a volé votre sac ? » La gentillesse sonne franchement faux maintenant, elle sent le piège à plein nez, le policier lui sourit comme à un coupable qu'on cherche à embarquer par surprise, après lui avoir tapé sur l'épaule, il lui sourit comme à un coupable qu'on fait semblant de croire, ou comme à un fou, oui, c'est ça, un fou qu'on fait semblant d'écouter, Adrian Lamo pense *Ils ne m'auront pas, je ne dirai rien, ils me prennent pour un coupable*, alors il laisse des mots sortir de sa bouche, parfois les mots sortent de nos bouches et on ne comprend pas ce qui se passe, n'est-ce pas, il dit « J'ai plaidé coupable », alors le policier demande, « Pardon », il est gentil, trop gentil, comme ses parents, si seulement ils pouvaient cesser d'être gentils tous ces gens, mais Adrian Lamo ne veut pas lui répéter quoi que ce soit, d'ailleurs il ne sait déjà plus ce qu'il a dit, il laisse d'autres mots sortir de sa bouche, « Le *New York Times* ne voulait pas jouer », c'est ce qu'il a dit au policier, il sait que cette phrase sonne étrangement, il l'a entendu, et cette fois le policier n'arrive plus à avoir l'air décontracté, « Il faut que je récupère les médicaments », répète Adrian Lamo, « Il le faut, il le faut », il est si blanc, spectral, « Ça fait six ans que je prends ce traitement, j'en ai besoin, la mort ressemble à ça ». L'autre policier a raccroché, il fait un signe au premier, mais Adrian Lamo n'a rien vu. Le premier policier reprend ses questions gentilles, il s'efforce de le rassurer, « Ne vous en faites pas, on s'occupe de vous ». Adrian Lamo lève les yeux et, à cet instant précis, il aimerait que sa vie entière ne soit qu'un mauvais rêve.

Une ambulance s'est garée sur le parking du supermarché. Deux infirmiers en sortent, s'approchent. Les policiers désignent Adrian Lamo, et les infirmiers ont un signe d'approbation silencieux. Adrian Lamo ne les voit pas. Des ombres, des fantômes. L'un des infirmiers s'approche négligemment de lui et lui pose la main sur l'épaule. « Monsieur ? » La voix est lointaine, irréelle.

Une pensée traverse l'esprit d'Adrian Lamo : il aimerait que cet homme soit son ami.

C'est une pièce sans caractère, étroite et prévisible, une pièce sommairement meublée d'un bureau et de deux chaises en vis-à-vis. On y sent un effort de convivialité, un effort un peu pathétique, comme dans ces chambres d'hôtel froides et mornes que quelques couleurs grossières au mur tentent vainement d'aviver. De jolis rideaux aux fenêtres, et quelques tableaux accrochés çà et là. Le soleil envahit la pièce, c'est presque une provocation, il inonde le visage d'Adrian Lamo, irrespirable éblouissement. Il est assis. Il a du mal à soutenir son regard, le regard du docteur Wilkes. Il voudrait fuir, mais ses jambes sont si lourdes. Il courbe les paupières. Il entend la voix du docteur Wilkes, un homme heureux sans doute, un homme normal, le docteur a dit quelque chose comme « On va vous garder au moins trois jours ». Les mots glissent sur le visage d'Adrian Lamo. Les cauchemars sont ainsi faits : on reçoit les menaces, le déraillement vers l'horreur, sans pouvoir agir. Adrian Lamo ne dit rien. « On va vous garder. Vous êtes ici en HFP. » Il ne comprend pas. C'est son visage qui raconte qu'il ne comprend pas ; il est trop faible, ou trop absent pour le formuler. Alors le docteur Wilkes explique : « Hospitalisation forcée provisoire. » Adrian Lamo cligne longuement des yeux, c'est tout ce qu'il parvient à faire. La voix du docteur continue. Maintenant, il a un ton d'instituteur. « La Californie a une loi qui l'autorise, pour les personnes dont on estime qu'elles sont dangereuses, ou qu'elles ne sont pas en mesure de s'occuper d'elles-mêmes. » Adrian Lamo n'arrive plus à le regarder. Les yeux se perdent vers les murs, les rideaux, le soleil, il y a tellement de soleil.

Et puis ce tableau, cette reproduction bas de gamme. Il regarde le tableau, ses couleurs vertes, grises, marron, sombres, le tableau est derrière le docteur, il l'absorbe, on voit un jeune homme qui dévale une colline en courant, en courant vers lui, vers eux, le mouvement de ce jeune homme, la vie. À gauche, la prairie est bordée de barbelés, alors il y a la liberté bien sûr, la course, la solitude, et pourtant, ces barbelés, terribles, il les regarde, il les ressent, et la voix du docteur s'éloigne de minute en minute. « Nous allons prendre le temps d'évaluer votre situation et d'estimer la durée du suivi psychiatrique dont vous avez besoin. » Adrian Lamo est avec le jeune homme, dans cette prairie, son regard se fixe maintenant sur l'ombre du personnage, qui se détache très nettement sur l'herbe, une ombre franche, un double décidé, tenace, menaçant, il court, il court et son ombre le poursuit, le regard d'Adrian Lamo s'y abîme, l'ombre le dévore. « Vous aimez ce tableau ? a demandé la voix du docteur. Il vous plaît ? » Alors seulement, Adrian Lamo revient dans cette pièce blanche, sur cette chaise. Il acquiesce mollement, le docteur Wilkes sourit, oui, c'est un sourire, il semble que cela lui fasse plaisir, « Moi aussi je l'aime beaucoup, dit le docteur, c'est un tableau d'Andrew Wyeth, *Winter 1946.* »

Le docteur s'est levé, il a rejoint Adrian Lamo, l'a invité à se lever. Il le raccompagne à la porte du bureau. L'équilibre vacille soudain, c'est le soleil peut-être, le trop-plein de lumière, la nausée. Adrian Lamo entend sa propre voix, chancelante, « Et... mes médicaments... ». La voix du docteur est ferme, très ferme, presque méchante, « Votre traitement va être réévalué », alors Adrian Lamo pense qu'il va peut-être tomber, s'allonger par terre, il piétine, il bredouille, le regard se perd, frissons, « J'en ai besoin, j'en ai besoin », sa main s'égare sur son ventre, sur son cœur, « J'ai mal, là, partout, vous ne pouvez pas me faire ça », et à nouveau il sent une présence sur son épaule, une main, la main du docteur, la main qui cherche à le calmer, à le pacifier, mais il sait maintenant, il a compris : cet homme-là n'est pas son ami.

Un visage de femme. Des yeux bleus, des cheveux très sombres, légèrement ondulés. C'est le regard qui interpelle, surtout. Sa précision. Lee est assise dans la chambre d'hôpital, sur une chaise imbécile et quelconque. Près d'elle, sur un lit imbécile et quelconque, Adrian Lamo est perdu quelque part entre le sommeil et le délire. Elle le regarde. Elle ne sait pas nommer le sentiment qui la traverse alors, c'est une sorte de pitié ou de compassion, oui, on dit que compatir, c'est *souffrir avec*, et sans doute souffre-t-elle avec lui – ou bien c'est de l'amour ou ce qui fut de l'amour, un éclair de tendresse, traversé de la poignante naissance du désir, de ce désir pour cet homme, lui, Adrian Lamo, qu'elle a épousé en quinze minutes, alors qu'elle avait à peine dix-huit ans. Il était plutôt mince, alors, il a changé, son visage s'est épaissi, c'est ce qu'elle se dit en le regardant sur ce lit imbécile et quelconque. Il prenait déjà des médicaments, mais il a continué, trop, beaucoup trop, et n'importe comment, il s'est fait du mal, c'est ce qu'elle se dit en regardant ce visage fermé, en sueur, ce visage perdu dans la fièvre, les hallucinations peut-être. Il s'est fait du mal, il s'est détruit, et pourtant, Dieu sait que je l'ai aimé, c'est ce que se dit Lee. Elle voudrait remonter le fil, il a été un jeune homme heureux, un enfant heureux aussi, elle le sait, elle connaît ses parents, ses parents si attentionnés, adorables, et Adrian le lui a dit, il a été un enfant heureux, un bébé heureux, et maintenant elle l'imagine à deux mois, trois mois, ses yeux qui s'éveillent, ses premiers sourires, comme tout le monde il sourit, son père lui parle et le tient au bout de ses bras tendus et il sourit, il souriait alors, et sa mère embrassait ses pieds de coton, son cou laiteux, si tendre, elle se demande où est passée cette tendresse.

Elle regarde le visage d'Adrian Lamo et elle voudrait comprendre de quoi sont tissées nos douleurs.

« Vous voulez que je vous raconte. Très bien, je vais vous raconter. Je vais vous raconter 1994. Quel âge aviez-vous en 1994, docteur Wilkes ? Trente, trente-cinq ans ? Moi, j'avais treize ans. Je vais vous raconter mes treize ans en 1994, et vous allez me faire votre diagnostic. Vous aimez ça, les diagnostics, vous, les médecins.

J'étais un enfant maigre, un petit gabarit. Maigre, et pas très grand.

Ça s'est passé dans une gare, à San Francisco. J'attendais un train, je sortais de l'école, la Lowell High School, et je rentrais à la maison. Ça ne faisait pas très longtemps qu'on avait déménagé, qu'on était rentrés de Bogotá.

Quand j'attends dans des endroits publics, j'ai toujours tendance à me tenir un peu à l'écart des gens, surtout quand il y a du monde. Je n'aime pas être au milieu de la foule.

C'est ce qui s'est passé ce jour-là. Il y avait trente ou quarante personnes sur le quai, mais moi je me tenais un peu à l'écart.

Deux adolescents se sont approchés de moi. Ils avaient peut-être seize ou dix-sept ans, trois ou quatre ans de plus que moi. Les mains dans les poches, des capuches, quelque chose qui leur donnait un air décontracté. J'ai pensé qu'ils venaient me parler pour passer le temps, pour faire connaissance.

Ils sont venus tout près. Ils m'ont regardé, ils m'ont salué, ils m'ont souri. Il y a eu un petit silence, et puis l'un d'eux a dit : "Maintenant, donne-nous ton fric."

Vous voulez vraiment que je vous raconte 1994, docteur Wilkes ? Vous allez inscrire ça dans vos fiches, vous allez tirer des conclusions, parler de traumatisme fondateur, je vous connais, les médecins, vous adorez mettre les gens dans des cases. Ça ne m'intéresse pas, c'est trop facile. On ne peut pas résumer un être à un événement, à un souvenir, c'est impossible, ce serait trop simple. Mais puisque ça vous fait plaisir, puisque ça vous occupe, je vous raconte 1994.

Donc, j'ai treize ans, et ces deux adolescents sont là, plus âgés que moi, beaucoup plus baraqués, beaucoup plus grands, ils sourient, et ils me demandent de l'argent.

Je refuse. De toute façon, je n'ai pas d'argent sur moi, un dollar tout au plus.

Je dis non.

Le premier adolescent me donne un coup de poing dans le ventre.

Il y a la surprise, bien sûr. La douleur, oui, mais surtout la surprise.

Je ne comprends pas ce qui est en train de se passer. Je ne comprends pas, parce que je vois la foule sur le quai, les trente ou quarante personnes qui attendent leur train, et je me dis, C'est invraisemblable que ce type me donne un coup de poing devant tout le monde, il est fou de faire un truc pareil, heureusement que je ne suis pas tout seul, quelle chance, heureusement que les gens vont l'empêcher de continuer, je l'ai échappé belle.

Seulement voilà. Les quarante personnes sur le quai se tournent vers moi, vers nous. Mais personne ne vient.

L'adolescent me donne un autre coup de poing dans le ventre, plus violent que le premier. Je crois qu'il touche le foie, car cette fois je ressens une douleur terrible, paralysante, une douleur phénoménale qui me cloue sur place, mais ce qui me sidère le plus, ce qui m'empêche vraiment de bouger, c'est que la situation est impensable, je veux dire que mon cerveau ne parvient pas à admettre ce qui se passe, cette inertie de la foule, mon cerveau ne parvient pas à admettre que la foule va les laisser me frapper. Vous comprenez ? Il fait grand jour, il y a un monde fou, ce qui m'arrive n'a pas de sens. J'ai le temps de croiser le regard d'un homme sur le quai, mais très vite je m'effondre. Et de là où je suis, par terre, recroquevillé, je ne vois plus rien.

Vous voulez que je vous raconte 1994, docteur Wilkes ? Vous voulez que je vous raconte le regard de cet homme sur le quai ? Le goût du sang dans ma bouche ? Vous voulez que je vous dise ? Ils me rouent de coups de pied, partout, sur le ventre, sur le dos, sur le visage. Il y en a un qui se sert dans ma poche et prend mon pauvre dollar. Puis il recommence à frapper, avec l'autre. Ça frappe, ça frappe encore, ça frappe tellement que je me déloge de moi-même, je veux dire que je n'arrive pas à concevoir que je suis en train de vivre cela. Je mange le bitume, je n'essaie même pas de crier, je ne peux pas, ça cogne de partout, ça bourdonne dans mes oreilles, ça siffle, je pense qu'un des coups de pied a frappé mon oreille, que je vais devenir sourd, et pourtant il y a ces coups, ces coups que j'entends encore, leurs coups, je n'entends plus que ça. Je pense que je vais perdre des dents, à cause de ce goût de sang dans ma bouche, très reconnaissable. Mon corps est saisi de secousses, de nausées, je pense que je vais perdre connaissance et j'en viens à l'espérer, à espérer m'endormir, que ça se taise, qu'on en finisse. Ça frappe encore, ça ne s'arrêtera jamais, je me recroqueville pour me protéger, mais ça ne suffit pas, vous comprenez, ça ne suffit pas. Je pense qu'ils m'ont peut-être cassé des vertèbres, que peut-être je ne remarcherai jamais. Un coup de pied touche mes sourcils, le sang dans mes yeux, je pense que je n'aurai plus jamais le même visage.

Et puis, je comprends.

Ils sont en train de me battre à mort.

Le sang dans ma bouche, dans mes yeux, c'est le goût de ma mort. J'ai treize ans et, ce jour-là, je comprends que je vais mourir devant quarante personnes qui n'auront pas bougé.

Vous êtes toujours là, docteur Wilkes ? Vous connaissez l'humanité, vous avez l'habitude ? Eh bien moi, à treize ans, je ne connaissais pas l'humanité. Alors oui. Oui. Quelque chose a basculé.

Dans le bourdonnement de mes oreilles, il y a un son qui apparaît tout à coup. Un autre bourdonnement. C'est le train qui entre en gare. Et qui s'arrête devant nous. La porte du wagon, juste devant nous. Je suis sauvé. Ils s'arrêtent, ils s'enfuient.

Je lève péniblement les yeux, ou ce qu'il en reste, et je vois leurs deux silhouettes qui disparaissent. Je me traîne jusqu'à la porte du train, je me hisse. Et il y a ce type qui m'aide à monter, qui me soutient le bras, qui monte aussi, un type que je n'avais pas encore remarqué, qui était sur le quai, qui a tout vu, et qui me demande : "Ça va ?"

C'est tout ce qu'il a dit. "Ça va ?"

J'essuie le sang de ma bouche, j'essaie de reprendre mes esprits et je lui demande : "Mais pourquoi personne n'a rien fait ?"

Le type ne m'a pas répondu. Il a baissé les yeux.

Voilà, c'est tout, docteur Wilkes. C'est l'histoire de quarante personnes qui ont baissé les yeux.

Et moi, depuis ce jour-là, j'ai été incapable de baisser les yeux sur quoi que ce soit.

Les hacks, Yahoo, le *New York Times*, c'était la même chose. Les failles. Vous comprenez ? Quand je vois quelque chose qui ne va pas, il faut que je le dise. C'est plus fort que moi. »

Adrian Lamo n'est resté que neuf jours à l'hôpital psychiatrique. Il a entendu des mots, des diagnostics, « Asperger », « Trouble d'anxiété généralisée », « Syndrome de stress post-traumatique ». Maintenant, debout dans le bureau du docteur Wilkes, il signe des feuilles, des formulaires, « lu et approuvé ». Le docteur, debout lui aussi, le regarde faire. Ils échangent des mots affables et inutiles, les mots que l'on dit à ceux que l'on aime bien, mais dont on sait qu'on ne les reverra jamais, bonne continuation, au revoir – comme si cela suffisait à camoufler la certitude d'une séparation définitive. Ils se serrent la main solennellement. Les mains, il regarde les mains. La poignée de main. La main droite du docteur est ferme, hardie, presque étouffante, elle sait où elle va, elle sait obtenir ce qu'elle souhaite, ce type-là a dû faire beaucoup d'études, travailler dur pour atteindre un objectif fixé depuis des décennies, c'est un besogneux, un entêté, un qui ne doute jamais, il serre, il serre fort. Adrian Lamo admire cette détermination, il l'envie. Il observe les paumes plaquées l'une contre l'autre, deux petits animaux risibles :

« C'est étrange de se serrer la main, vous ne trouvez pas ? On reproduit le geste, mais au fond on ne sait pas très bien ce que ça veut dire. » Le docteur Wilkes tente de lui répondre avec rationalité, il dit ce qu'on raconte, que la poignée de main servait à montrer que l'on n'était pas armé, que la coutume vient de là, prouver une absence d'animosité. Adrian Lamo n'écoute pas vraiment, il réfléchit, il rêve. « Au fond, j'imite les humains, dit-il au docteur. Je reproduis leurs gestes. En fait, il a fallu que j'apprenne comment ils se comportent. — Et avez-vous le sentiment d'avoir réussi ? demande le docteur. — À peu près, je crois. »

Il quitte l'hôpital. Pas un journaliste, pas un photographe, pas un flash. Rien que le rythme de ses pas sur les marches. Il regarde autour de lui, sans doute guette-t-il une présence, un enthousiasme. Mais rien, personne. On l'a oublié. Oui. C'est normal. Il y a si longtemps que les journaux n'ont pas parlé de lui. Il n'est plus le hacker sans abri. Il n'est plus rien.

Il ne le sait pas encore mais, dans un mois, un jeune inconnu lui enverra des messages depuis Bagdad, des messages dans lesquels il sera question de violation du secret-défense.

Pour le moment, il est incapable de penser à l'avenir, le ciel est trop épais pour cela. Au loin, une voiture en stationnement : sa mère et son père l'attendent pour le ramener à la maison. Ils ont l'air vieux, aujourd'hui, pense Adrian Lamo.

MAI 2010
Conversation avec Bradley Manning

« Quelle est ta plus grande peur ? » risque Adrian Lamo.

« Mourir sans avoir vraiment vécu, répond immédiatement Bradley Manning. C'est cliché, mais c'est honnête. »

« J'oublie tout le temps que tu n'as que vingt-deux ans », écrit Adrian Lamo.

Bradley Manning s'embourbe dans la mélancolie. « Je ne sais pas si je peux rencontrer des gens qui m'aiment vraiment. » La solitude. Les mots qui tentent de dire, de guérir. Mais les mots sont dérisoires, des petits signes sur un écran. Il n'y a pas de guérison. « Personne ne me fréquente assez longtemps pour vraiment me connaître. »

Il est dix-huit heures, ce soir-là. Bradley Manning écrit encore : « J'en ai vu bien plus que ne devrait en avoir vu un jeune homme de vingt-deux ans. »

Adrian Lamo pense à cet âge, cet âge qui était le sien au

moment du *New York Times*, au moment de la traque du FBI, et il répond : « C'était aussi mon cas. »

Ce sont les derniers mots qu'ils échangent.

Adrian Lamo a refermé l'ordinateur. Il n'est plus là. Il réfléchit. Il laisse mille pensées traverser son esprit si peu habitué à la conversation. Bradley Manning. 250 000 câbles confidentiels. Le secret-défense. Oui, bien sûr qu'il est trop jeune, naïf, et stupide. Est-ce une raison pour le lui faire payer ? Il ne sait pas. Il se prépare un café. Personne d'autre n'est au courant. Lui, et lui seul. Lui seul a gagné la confiance d'un jeune homme de vingt-deux ans, là-bas à Bagdad. Il n'a rien fait pour cela. Il n'a rien cherché. C'est Bradley Manning qui est venu le chercher, qui lui a offert cette confiance infaillible, indiscutable. Parce que Adrian Lamo était le hacker sans abri, le jeune homme insolent dont il avait tant entendu parler dans les journaux il y a quelques années. Parce qu'il était le grand champion de la transparence, et que Bradley Manning rêvait depuis longtemps d'entrer en contact avec lui. Parce que Adrian Lamo était le seul à pouvoir le comprendre.

Et maintenant, Adrian Lamo ne sait pas quoi faire.

Il se dit peut-être qu'il est le témoin d'une affaire à l'ampleur considérable, et potentiellement dangereuse, meurtrière. Une affaire illégale, massive, explosive. Il se dit peut-être qu'il ne peut pas se taire, qu'il est de son devoir de prendre la parole.

Il se dit peut-être que, puisqu'il n'a rien fait pour appâter Bradley Manning, il n'est pas responsable de ces confidences foisonnantes qu'il reçoit malgré lui.

Il se dit peut-être que ce n'est pas sa faute si Bradley Manning projette sur lui autre chose que ce qu'il est.

Il se dit peut-être qu'il doit tout faire pour ne pas être accusé de complicité. Pour ne plus avoir de bracelet.

Il se dit peut-être que, en touchant au secret-défense, le jeune Bradley Manning a fait plus et mieux que tout ce que lui-même a jamais pu faire quand il avait cet âge. Il se dit peut-être que c'est insupportable, qu'il doit payer.

Il se dit peut-être que Bradley Manning a des idéaux trop grands pour lui.

Il se dit peut-être que Bradley Manning a réellement mis les États-Unis en danger.

Il se dit peut-être que, de toute façon, Bradley Manning est foutu.

Le 23 mai 2010, juste après ce dernier tchat, Adrian Lamo ferme la fenêtre de son ordinateur, éteint tout. Il pense à des choses insignifiantes, des détails, comme on le fait parfois dans les moments les plus décisifs de l'existence, par peur de croiser le regard de nos choix, il s'accroche à des broutilles, il pense que la batterie de son ordinateur se décharge décidément trop vite maintenant, elle est vieille, il faudrait la changer.

Il a réfléchi, pourtant. Il sait qu'il a réfléchi. Il a pris une décision. Ce n'est pas une impulsion, c'est une décision, une décision rapide, oui, mais toutes les grandes décisions sont rapides, certains appellent cela l'évidence.

Il a besoin d'avis extérieurs. D'avis ? D'encouragements ?

Il prend son téléphone portable. Il compose un premier numéro. C'est un ancien amant, amoureux. Adrian Lamo l'a aimé, un peu, beaucoup, il y a longtemps. Ils se sont connus quand il a hacké AOL. Ils sont restés proches. Tobin a trente ans et il vit à Santa Barbara, en Californie, où il rédige une thèse en psychologie. Tobin a travaillé pour les renseignements militaires, le contre-espionnage. Adrian Lamo lui raconte : Bradley Manning. Il lui dit : « Un soldat vient de me contacter et m'a dit qu'il avait transmis à WikiLeaks la vidéo confidentielle d'une attaque d'hélicoptère à Bagdad. » Il lui dit : « Il a également récupéré 250 000 documents classés secret-défense. » Tobin ne travaille plus pour le contre-espionnage, mais il est resté très lié à d'anciens collègues, et Adrian Lamo le sait.

« Il faut que tu le dénonces, dit Tobin. Tu n'as pas le choix. Il faut le dénoncer. »

Venant de Tobin, Adrian Lamo ne s'attendait pas à entendre autre chose.

« Si tu ne le dénonces pas, il risque de continuer à pirater des informations, et à mettre des gens en danger. »

Adrian Lamo fait confiance à Tobin. Mais il veut un autre avis, un autre encouragement. Il appelle Caine, un analyste en sécurité informatique. Caine tient les mêmes propos que Tobin.

Venant de Caine, Adrian Lamo ne s'attendait pas à entendre autre chose.

Un troisième coup de téléphone. C'est Lester, le rédacteur en chef de *Wired*, qu'Adrian Lamo connaît depuis longtemps. Adrian Lamo lui raconte. Lester l'écoute avec intérêt. De la dynamite. Un scoop.

C'est un beau dimanche de printemps. Il y a quelques jours, Adrian Lamo n'avait jamais entendu parler de Bradley Manning. Maintenant, il peut se targuer d'être cela, il peut se targuer d'avoir une nouvelle identité, de savoir, de se connaître, oui, maintenant il sait qui il est : il est *l'homme qui a dénoncé Bradley Manning.*

Adrian Lamo arrive au Starbucks de Sacramento, une sacoche d'ordinateur à la main. Il cherche quelqu'un du regard, il ne trouve pas. Ses yeux s'attardent sur un homme au comptoir, en costume gris et feutre mou, en train de lire le journal. C'est lui, peut-être, pourquoi pas. Il s'avance vers lui, et puis quelqu'un lui tape sur l'épaule, un homme de trente ans, jean et baskets, très commun, très normal, il n'aurait pas parié sur lui. L'homme très commun de trente ans lui montre une petite carte et Adrian Lamo le suit jusqu'à une table, dans un coin. Là, une jeune femme souriante les attend, assise, veste en cuir, frange d'écolière. On croirait un couple ordinaire et sympathique, vous faites quoi pour les vacances, qui va garder le chien, un couple comme on en croise tant – non, vraiment, jamais il n'aurait pensé que.

Adrian Lamo prend place en face d'eux. Il dépose sa sacoche sur la table, d'un geste net. Il prononce des phrases comme « voici mon ordinateur », des phrases comme « tous les tchats y sont, tout ce que nous avons échangé avec Bradley Manning depuis le 21 mai 2010, depuis vendredi, tous les mots que nous avons écrits, toutes les preuves, tout est là ». L'homme et la femme recueillent l'ordinateur. L'homme dit : « Nous allons vous revoir, nous allons avoir besoin de votre témoignage et de tous les détails que vous pourrez nous fournir. » Adrian Lamo acquiesce silencieusement, déterminé, inflexible, il dit, « Je ferai tout ce que je peux pour vous aider ». La femme prend à son tour la parole, elle est prévenante, elle met en garde, « Attendez-vous à ce que cette affaire fasse du bruit, beaucoup de bruit, ces révélations font actuellement scandale et WikiLeaks est très populaire », Adrian Lamo ne dit rien, alors elle ajoute, « Si vous avez peur des représailles, on fera en sorte que votre nom n'apparaisse pas dans les journaux et, dans tous les cas, on va bien entendu vous placer sous protection ».

Cette mention des journaux réveille soudain chez Adrian Lamo quelque chose comme une urgence, un désordre – il se redresse comme face à une attaque, il dément, « Je n'ai pas peur, je n'ai absolument pas peur », il précise, « Ça ne me dérange pas d'être nommé ». La femme insiste pour préserver son anonymat, alors il insiste en sens inverse, il formule même un souhait : « Je *veux* être nommé. »

L'homme et la femme en prennent note avec effarement, mais ne jugent pas – ce n'est pas leur métier. Ils se lèvent, rassemblent leurs affaires. La femme embarque l'ordinateur d'Adrian Lamo. L'homme tend sa main solennellement et déclare : « Vous avez bien fait de nous informer. C'est un acte citoyen. Vous pouvez être fier. »

Le soir même, Adrian Lamo se persuade qu'il a fait une bonne action, qu'il était nécessaire de parler, d'intervenir, qu'il ne pouvait pas baisser les yeux.

Le soir même, Adrian Lamo transfère à *Wired* une partie des tchats avec Bradley Manning, dans l'espoir que ceux-ci soient publiés.

Le soir même, à l'abri de toute accusation possible de complicité, Adrian Lamo est soulagé d'avoir cette fois-ci échappé à la grande peur qui lui nouait le ventre à l'âge de vingt-deux ans, la peur de passer une partie de sa vie en prison.

Le soir même, de l'autre côté de l'océan, Bradley Manning est placé en détention, là-bas, très loin, en Irak.

6

THOMPSON

Adrian Lamo parade dans un long couloir, un hôtel magnifique, Manhattan, New York, les lumières de la ville, douzième, treizième étage peut-être, les baies vitrées, la blancheur des piliers, des carrelages – nous ne sommes pas n'importe où, nous sommes à l'hôtel Pennsylvania, l'un des plus grands hôtels de la ville. Adrian Lamo est beau, oui, il a retrouvé une beauté depuis toute cette affaire, grâce à toute cette affaire, il a perdu du poids, une veste distinguée, indigo, et ce visage rond, enfantin, parfaitement rasé, très intelligent, un brin machiavélique, quelque chose d'Orson Welles, une prestance. Il croise des groupes, principalement des hommes, la plupart habillés en tee-shirt, baskets, adolescents de quarante ans mal fagotés, une décontraction qui contraste avec la décoration froide et élégante de l'hôtel – des hommes qui lui jettent des regards suspects, et s'arrêtent parfois de parler au moment où ils l'aperçoivent. Chuchotements. Méfiances. Haines.

Adrian Lamo ne s'en offusque pas. Il avance avec détermination, solide. Son regard balaie l'espace autour de lui.

Des affiches ont été placardées sur les murs. Il s'approche. Il reconnaît son propre visage. Une photo. Il est très jeune, très mince, souriant, c'est le beau visage du hacker sans abri. Sous la photo, des lettres capitales : *WANTED DEAD OR ALIVE*. Les affiches sont partout. Il en détache une. Il regarde. Cela le fait sourire. Ainsi, on le traque, on veut sa peau, comme dans les westerns, comme dans ces films avec Robert Redford dont il avait trouvé le numéro de sécurité sociale.

Il plie l'affiche en quatre et la glisse dans la poche de sa veste ; il la gardera en souvenir.

Il reprend son chemin comme si de rien n'était, il avance, il avance encore, tout est mouvement maintenant. Les regards des hackers en colère ne lui font pas peur. Il suit des panneaux, il cherche la conférence. Il croise des hostilités qui le rendent plus fort, plus visible. Une phrase lâchée par une silhouette qu'il entrevoit à peine, « Va plutôt travailler dans un cirque, connard ». L'homme qui a dit cela a déjà disparu, mais Adrian Lamo se retourne et lui lance d'une voix très distincte, très affirmée, parfaitement intelligible : « Ah bon ? Je ne savais pas qu'ils embauchaient ! »

Juillet 2010 : l'homme qui a dénoncé Bradley Manning n'est plus cette épave ramassée par les services psychiatriques sur un parking désert il y a quelques mois. Il a agi sur le monde. Il a fait quelque chose, il a touché quelqu'un. Touché, coulé.

Il n'a plus peur de rien.

Ce jour-là, la salle de conférences est vaste, et pleine à craquer. Sur l'estrade, une rangée de tables où s'alignent des micros et des bouteilles d'eau. À gauche et à droite, en hauteur, des écrans de retransmission; on peut y lire le mot *HOPE*. L'organisateur, Thompson, présente la conférence, et appelle différents hommes qui entrent et prennent place derrière leurs micros. Ils ont des tee-shirts à inscriptions, des casquettes à l'endroit ou à l'envers, des dégaines improbables. Thompson annonce le titre de la conférence : « *Informants : heroes or villains?* » Les lanceurs d'alerte sont-ils des héros ou des méchants?

HOPE signifie : *Hackers On Planet Earth.* Tous les ans, l'association propose un congrès international des hackers où, pendant plusieurs journées consécutives, des personnes du monde entier viennent réfléchir aux enjeux du piratage et de la transparence. Cette année, ils ont pris un risque : quelques mois seulement après le scandale WikiLeaks, ils ont invité *l'homme qui a dénoncé Bradley Manning.*

L'écran retransmet en l'agrandissant le visage de Thompson. « Nous allons maintenant passer à une affaire récente dont vous avez tous entendu parler. Beaucoup de gens m'ont déconseillé de le faire, on m'a dit que c'était complètement fou, et s'est posée la question qui se pose toujours dans ces cas-là : est-ce qu'on doit éviter la controverse, ou est-ce qu'on doit s'y confronter ? Eh bien moi, je pense qu'on doit s'y confronter. » La salle applaudit bruyamment. « Mais... mais je compte sur vous pour agir avec courtoisie, et laisser les gens avec lesquels nous sommes en désaccord prendre la parole afin que chacun puisse élaborer son propre jugement. Je pense que nous reconnaissons tous qu'il faut des couilles pour oser venir prendre la parole devant une foule a priori hostile. Sommes-nous tous d'accord pour laisser cet homme s'exprimer, et l'écouter avec civilité ? » Modeste murmure d'approbation. Quelques applaudissements. « Je vais donc demander à Adrian Lamo de nous rejoindre, et lui laisser la parole. »

Il entre. Il s'installe. La salle se tait. Des chuchotements. Puis, le silence. Adrian Lamo commence à s'exprimer.

« Amis, voisins et opposants. Peut-être que vous n'êtes pas d'accord avec moi et je respecte ce droit. Avant d'affronter la controverse de cette affaire liée à WikiLeaks, je voudrais juste rappeler une chose. En 2003, quand j'ai été arrêté par le FBI, on m'a dit : "Ce serait cool si tu nous donnais le nom de tes petits copains cybercriminels", et je ne l'ai pas fait. À l'époque, j'ai fait, je crois, la même chose qu'avec Manning. J'ai... » La salle proteste, chuchote, s'apprête à gronder. Adrian Lamo ne se laisse pas décontenancer. Il reprend le début de sa phrase en parlant haut et fort. Il est prêt à tout pour être écouté. Pour exister. « ... J'ai interrogé ma conscience. J'ai plaidé coupable parce que j'étais coupable. C'était ma manière d'assumer ma responsabilité. Depuis des années, des hackers me laissent des messages qui disent, "Hé, regarde ce que j'ai fait". Il y a beaucoup de gens qui m'approchent et me parlent de leurs propres hacks. Si ce sont des choses positives, je les soutiens, sinon, je leur tourne le dos. Mais, avec Manning, je ne pouvais faire ni l'un ni l'autre. 250 000 câbles confidentiels. » Quelqu'un le hue très fortement, soutenu par un long murmure d'animosité. Adrian Lamo identifie cet homme, le regarde droit dans les yeux. Les clignements de ses paupières sont devenus lents et concentrés, ils racontent la détermination et non plus le flottement. Il regarde l'homme, il lui parle fort, distinctement, terriblement. « Est-ce qu'il y a quelqu'un ici qui pense pouvoir garder le secret sur 250 000 documents diplomatiques, et penser que ça ne coûtera la vie à personne ? Quelqu'un ? » Silence soudain dans la salle. Il a gagné, il semble avoir gagné. Puis un murmure discret. Les gens se regardent, hésitent. Mais personne ne se manifeste.

Adrian Lamo a un sourire de satisfaction. « Je ne vois pas de main levée. Vous savez, ces informations pouvaient compromettre la vie de beaucoup de gens. Et des gens absolument innocents. Il aurait pu y avoir des vengeances sur des touristes américains. J'ai agi dans l'intérêt des Américains. » La salle s'indigne alors véritablement. Il est hué, sifflé. Ses yeux se troublent. Les paupières s'agitent comme des papillons de nuit autour de la lampe. Est-ce qu'il panique ?

C'est alors qu'Adrian Lamo le remarque. Il est assis au premier rang. C'est un petit garçon d'une dizaine d'années.

Blond. Très jeune. Le garçon le dévisage. Un regard accusateur, mais muet. Un regard impitoyable. Il est comme l'enfant du conte d'Andersen : il regarde l'empereur Adrian Lamo, et bientôt il va énoncer la vérité que tout le monde se refuse à dire. Tout le monde vante les habits neufs de l'empereur, et seul un enfant, oui, seul un enfant osera dire que l'empereur n'a pas d'habits, que l'empereur est tout nu. Il regarde Adrian Lamo, et il va dire qu'Adrian Lamo est tout nu. Les papillons s'affolent dans les yeux de l'homme qui a dénoncé Bradley Manning.

Un homme prend la parole dans la salle. Il est furieux. « Vous ne parlez que des vies américaines, pour vous elles sont peut-être plus importantes que les vies irakiennes ? Vous ne pensez pas que ces documents auraient pu mettre fin à la guerre ? Vous ne pensez pas que c'est Manning qui était sur le point de sauver des vies ? » Adrian Lamo le regarde. Surtout, garder son calme. Surtout, rester froid et rationnel. Il répond. « Je ne crois pas que ces informations auraient mis fin à la guerre. Et vous savez, je n'ai eu aucun plaisir à aller voir le FBI. Je ne suis pas un délateur, je suis un témoin dans une affaire criminelle. » Une autre main se lève, un autre homme s'indigne, un barbu chevelu à lunettes, grande gueule, il est hors de lui, il veut en découdre, il veut tabasser Adrian Lamo à coups de paroles : « Vous n'êtes peut-être pas parti en pique-nique avec le FBI et c'est bien triste pour vous, mais Bradley Manning est actuellement en prison, au Koweït, dans des conditions proches de la torture, et il pourrait être enfermé pour le restant de ses jours, il pourrait même être condamné à mort, qu'est-ce que ça vous fait, ça ? » Mais Adrian Lamo en a vu d'autres. Il ne tombera pas, non, pas aujourd'hui. Il répond simplement, calmement : « C'est un peu excessif de dire que Bradley Manning est torturé. »

Tonnerre dans la salle. Indignations. C'en est trop. Insupportable. L'indifférence de cet homme, insupportable. L'assurance de cet homme, insupportable. Ce visage froid qui ne laisse passer aucune émotion, insupportable. Quelqu'un crie, c'est un hurlement, un déchirement : « Monsieur Lamo, vous avez commis une trahison ! »

Déchaînement d'applaudissements. La colère. Il ne s'en tirera pas comme ça. L'organisateur, Thompson, essaie de contenir l'assistance, mais il est avec eux, c'est évident : « Restons concentrés et courtois, s'il vous plaît. Monsieur Lamo, dites-moi, pourquoi avez-vous contacté les médias ? Pourquoi n'êtes-vous pas resté discret sur cette affaire ? » Adrian Lamo ne faiblit pas : « Pourquoi soutenez-vous WikiLeaks ? Parce que vous êtes pour la transparence ! Eh bien, j'ai fait ça pour les mêmes raisons. Moi aussi, je soutiens WikiLeaks. » Cette fois, pense la foule, cette fois il nous provoque vraiment. On entend au loin des exclamations, « N'importe quoi », « Tu parles ». Thompson continue : « Mais vous n'aviez pas besoin d'en parler autant... » Adrian Lamo tient tête : « Les gens ont le droit de savoir. Les gens... »

Son regard bute à nouveau sur le regard imperturbable du petit garçon au premier rang, l'enfant du conte d'Andersen. Ses yeux qui ne pardonnent pas. Il va dire la vérité. Il va dire ce que personne n'ose dire. Il va dire : « L'homme qui a dénoncé Bradley Manning est un homme perdu. » La peur s'éveille à nouveau dans les yeux d'Adrian Lamo, et ces paupières qui n'en finissent pas de battre des ailes. La salle se tait, maintenant. La salle ne dit rien. La salle va le laisser s'enliser, la salle va le laisser mourir. Finalement, le silence est pire que tout. Il bredouille, « Je suis d'abord allé voir un journaliste que je connais, mais je ne lui ai pas spécialement demandé de parler de moi… » Il s'interrompt. « Menteur… », lâche une voix dans le public.

Un homme âgé se lève au fond de la salle, brandit sa canne. Il y a de la douleur dans chacun de ses mots, chacune de ses inflexions. « Eh bien moi, dit-il, moi, j'ai fait la guerre du Vietnam, et je pense que Manning a fait ce qu'il fallait faire, je pense qu'il faut être cinglé pour penser le contraire, et ce que vous avez fait, il vous reste à vivre avec, et ce que vous avez fait, c'est pire que de la trahison, et je pense que vous mériteriez d'aller à Guantánamo ! »

Applaudissements, applaudissements, les mains s'enfièvrent, les mains de la foule battent la mesure des grandes musiques de la vengeance, de la soif de vengeance. Exclamations de joie et de colère mêlées. Rester calme, pense Adrian Lamo, rester calme, rester fort. Son visage ne bouge pas : « Ce n'est pas une question, je ne peux pas répondre. Je respecte votre liberté d'opinion. Vous ne voyez pas les choses de là où je suis, c'est normal. »

Un autre homme prend la parole dans la salle. Ils n'en finissent pas, ils n'en finissent plus de prendre la parole. Il faut tenir. Rester calme.

« Vous dites que vous avez potentiellement sauvé des vies mais c'est une spéculation. Vous avez protégé le drapeau américain plus que des vies. Comment pouviez-vous être sûr que ça protégerait des vies ?

— Je ne pouvais pas en être sûr.

— Alors pourquoi avez-vous pris cette décision ?

— J'ai pris cette décision en fonction des informations dont je disposais. »

Le petit garçon, encore lui. Au premier rang. Ce regard clair, qui ne souffrirait aucun compromis. Adrian Lamo aussi avait un regard comme cela, il y a dix ans. Adrian Lamo croyait à la pureté. C'est fini, maintenant. Il y a eu le *New York Times*, le FBI et les médicaments, et maintenant il ne croit plus à la pureté, il ne croit plus en rien. Il est l'homme qui a dénoncé Bradley Manning.

« Je comprends que certaines personnes ne soient pas d'accord avec moi... et oui, je dois vivre avec ce choix... »

Il s'embrouille. La salle se tait. La salle va le laisser mourir, il le sait maintenant. Il est seul. Et ce garçon, ce garçon qui le regarde avec ses grands yeux d'innocence bafouée, d'innocence déçue. Adrian Lamo va se noyer. Il le sent. Ça y est. Il se noie.

« ... Et vous savez quoi... je me sens vraiment mal avec cette situation difficile que Manning traverse... J'étais comme lui... J'ai traversé une situation semblable... »

Il y a le goût de l'écume, la grande blancheur dans les yeux, l'eau salée qui descend jusqu'aux poumons, et le silence irrévocable dans les oreilles que plus rien ne traverse.

« Ça ne répond pas à ma question ! » hurle l'homme dans la salle.

Adrian Lamo voudrait parler, mais il ne voit plus rien, rien que le blanc de la mer dans ses yeux.

« Et... Et... voilà ma réponse : à vingt-deux ans j'ai risqué quinze ans de prison, et... moi aussi, j'ai eu le sentiment d'être victime d'un destin que je ne comprenais pas.

— Regrettez-vous ce que vous avez fait ? » lance une autre voix. On croirait que c'est une femme. Oui. C'est une femme.

Adrian Lamo hésite.

Alors, il dit ce qu'il pense, ce qu'il pense vraiment. La vérité nue.

« Mon seul regret est de n'avoir pas pu *être l'ami* de Bradley Manning. »

Adrian Lamo et Thompson attendent l'ascenseur de l'hôtel Pennsylvania. Il y a tellement d'étages, l'ascenseur tarde à arriver. Thompson ne baisse pas les yeux, il n'a pas à s'excuser. « C'était prévisible. Manning est un héros pour les hackers. » Adrian Lamo n'éprouve ni rancœur, ni regret. « Je ne vous reproche rien, dit-il. Je savais à quoi je m'exposais en acceptant de venir ici. » Thompson ne juge pas. Il constate. « Vous avez perdu toute crédibilité auprès d'eux. Cette dénonciation, c'est un suicide. »

Le mot interpelle Adrian Lamo, il ne se l'était jamais formulé ainsi, et pourtant oui, c'est l'évidence même, une évidence macabre qui lui donnerait presque envie de rire. Ça y est, l'ascenseur est là, ils entrent. « Peut-être, admet-il, peut-être que c'est un suicide. Mais au moins, j'ai fait quelque chose. »

Descente. Silence. Rez-de-chaussée. Ils rejoignent le hall. « En tout cas, conclut Thompson, vous avez eu du courage d'accepter de venir. » Un photographe les arrête. « Monsieur Lamo, vous permettez que je prenne quelques photos ?

C'est pour *Hackerz Voice.* » Adrian Lamo sourit, « Bien sûr ». Il s'écarte un peu de Thompson. Il choisit l'arrière-plan. Il le veut blanc.

Le photographe pilonne le déclencheur, rapidement rejoint par un autre, puis un troisième. Les flashs se multiplient. Adrian Lamo sourit aux objectifs, des sourires d'outre-tombe. Il faut toujours sourire. Thompson le regarde avec une pitié mâtinée d'estime. Il ne sait que penser de cet homme. A-t-il réellement craint pour la sécurité des États-Unis ? A-t-il surtout craint pour sa sécurité à lui, avait-il tout simplement peur d'être tenu pour complice, de risquer à nouveau de lourdes peines d'emprisonnement ? Ou a-t-il pris contact avec le FBI par pur narcissisme, pour faire parler de lui ? Adrian Lamo continue à s'adresser à Thompson entre deux photos, deux sourires. « J'ai l'habitude qu'on me déteste, vous savez. Je reçois des dizaines de messages d'insultes par jour sur ma page Facebook. Au moins, c'est que ça intéresse les gens. » Les flashs, encore et encore. Bruit et lumière. Alors, Thompson demande simplement : « Vous ne préféreriez pas avoir des centaines de milliers de fans, comme Bradley Manning ? »

7

LE PÈRE

La vaisselle sale, les vêtements froissés, les cartons, les emballages plastique infestent le sol, les meubles. Des bouts de croûtes de pizza traînent dans de grands cartons noyés d'huile. Ce n'est plus un appartement, c'est quelque chose comme une chambre d'enfant dont les parents auraient disparu en même temps que l'injonction au rangement et à la propreté. Il y a des odeurs d'abandon dans ce studio, des goûts de naufrage, de décomposition.

Adrian Lamo vit seul. Il ne sort jamais de chez lui. Il mange des chips, assis sur le canapé. Sur son crâne, une casquette adolescente, violette, puérile, où sont brodées, lisibles et grotesques, les lettres SNITCH. Cela veut dire balance, indic.

Sur son téléphone, des messages se succèdent. Haut-parleur. Pour conserver le message, faites le 2, pour le supprimer, faites le 3. « C'est ignoble, ce que tu as fait. Tu ne mérites pas de vivre. » Une deuxième voix. Un homme, à nouveau. « Espèce d'enfoiré, je vais te retrouver, tu sais, je vais t'exploser la gueule, je vais te tuer putain, je vais vraiment te tuer. » Pour le supprimer, faites le 3. Adrian Lamo ne bouge pas, il a l'habitude. Nouvelle voix. « T'es vraiment un fils de pute. Tu sais comment je t'appelle, moi ? Je t'appelle Judas. » Pour conserver le message, faites le 2. Puis une voix de jeune femme. « Adrian, c'est moi. » La voix de Lee. Un long silence. « Rappelle-moi. S'il te plaît. » Quelque chose vacille, pourrait vaciller. La douceur de cette voix. Une antique tendresse, la main que l'on n'a pas gardée. L'amour qui aurait pu, qui aurait dû. Pour passer au message suivant, faites le 1. Un homme, à nouveau. « On va te retrouver. On va te crever. Tu ne vas pas t'en tirer comme ça. On ne peut pas faire ça à quelqu'un qui vous fait confiance. C'est inhumain. Tu es inhumain. » Il coupe le téléphone. Il charrie une pile de vêtements, des papiers, mettre un peu d'ordre, mais par où commencer. Il y a une cage par terre, bien camouflée dans le bazar. Dans la cage, un petit lézard, un gecko. Vert et rouge, gracieux, saugrenu, des pattes comme des étoiles. Drôle de reptile, qui le toise avec étonnement.

Adrian Lamo ouvre la cage.

Le père a vite raccroché le téléphone ce matin, quand il a entendu les mots « connard », les mots « tu y penses, à Bradley Manning, on va tous vous buter, j'espère que tu as conscience d'avoir engendré un assassin ».

Cela se produit tous les jours, mais il ne s'habituera jamais.

Il essaie de s'en sortir en se réfugiant dans le travail. Il essaie d'oublier. Il écrit, jour et nuit. Des poèmes, en anglais, en espagnol. Des notes, des réflexions. Le père est un intellectuel, qui partage sa vie entre l'écriture, l'édition, la traduction.

Il essaie, mais il n'y arrive pas. Ça le dévore. Ça le détruit.

La peur, bien sûr. Pour sa femme, pour eux, pour leurs autres enfants, et surtout pour Adrian, qui vit seul maintenant, qui vit loin. La peur que ces gens-là passent à l'acte, qu'ils finissent en effet par « les buter ».

Et puis, autre chose. Cette autre chose qui le tenaille pour la première fois, comme un regret, une fausse note, et qui s'appelle la désapprobation.

Le père le soutient encore, bien sûr. Il fait son possible pour l'aider, pour le protéger. C'est son fils. Mais il n'est pas d'accord avec lui, et Adrian Lamo le sait parfaitement. Un désaccord politique, se dit-il. Son père est démocrate, pacifiste, il a des idéaux, des convictions, il critique volontiers la guerre en Irak. Évidemment, pense Adrian Lamo, comment pourrait-il comprendre. Tout ce qu'il voit, c'est que Bradley Manning risque la prison à perpétuité, peut-être la peine capitale. Tout ce qu'il a vu, c'est la vidéo « *Collateral murder* », qui l'a révolté. Il admire Bradley Manning, il pense qu'il s'est battu pour un monde plus juste. Il sait que sa vie est aujourd'hui brisée.

Qu'elle soit brisée à cause de son fils, voilà l'insupportable.

C'est plus qu'une incompréhension, c'est un tremblement de terre, et Adrian Lamo le sait.

Le père fait tout ce qu'il peut pour dissimuler le tremblement de terre, pour se tenir droit. La mère, elle, est plus limpide dans ses émotions. Au cours de l'un des weekends qu'il a passés chez eux, à Carmichael, Adrian Lamo l'a surprise en larmes parce qu'elle venait d'apercevoir sa caricature en ligne, sur un site de gauche, tandis qu'elle recherchait innocemment un autocollant pour sa voiture. La caricature de son fils. Le traître.

Ils le soutiendront quoi qu'il fasse, quoi qu'il advienne. Ils ne lui feront aucun reproche explicite, aucun sermon. Mais il sait.

Alors, il avance des arguments pour sa défense, l'air de rien, au détour de leurs conversations téléphoniques. Il dit des choses comme « Je n'ai jamais accepté d'argent de la part du FBI ». Il dit des choses comme « Je ne savais pas qu'ils seraient si durs avec Bradley Manning, je ne pouvais pas savoir, je n'imaginais vraiment pas, peut-être qu'au fond je suis aussi naïf que lui ». Il dit des choses comme « Je ne suis pas un dénonciateur, je suis un témoin ».

Tout ce qu'il dit, il le pense.

« On peut dire ce que l'on veut de moi et de ce que j'ai fait, dit encore Adrian Lamo, on peut dire ce que l'on veut, mais je suis un homme sincère. »

La vidéo « *Collateral murder* » continue à circuler. Bradley Manning devient un héros. Des comités de soutien se forment, des pages, des pétitions, « *Free Bradley Manning* ». Son avocat dénonce ses conditions de détention. Il déclare : « Je demande l'abandon de toutes les charges, en raison de la manière dont le soldat Manning a été détenu, avec la complicité du gouvernement. »

L'avocat donne les détails de ces conditions. Il explique que Bradley Manning a été incarcéré en cellule d'isolement pendant neuf mois, de juillet 2010 à avril 2011, dans la prison militaire de Quantico, près de Washington. Neuf mois d'horreur, disent les journaux. Un enfer. L'avocat explique : « Sa cellule de deux mètres sur deux mètres cinq, c'était toute la vie du soldat Manning. Il y a passé vingt-trois heures par jour avec seulement vingt minutes de lumière naturelle. La plupart du temps, ses vêtements lui sont retirés. » L'avocat veut que l'on connaisse la vérité. Que l'on imagine : Bradley Manning nu, affamé, humilié, privé de lumière, privé de dignité. Que l'on se rende compte. « À chaque moment de sa vie, il est contrôlé et observé presque comme un animal au zoo, il n'a pas le droit de faire de l'exercice dans sa cellule, ni même de s'appuyer contre le mur. » Il veut que le monde regarde cela en face. Le visage du jeune soldat Bradley Manning. Le visage d'une jeunesse audacieuse et romantique, que l'on détruit, littéralement, physiquement.

« Ces conditions de détention sont réservées aux condamnés à mort : aucun autre prisonnier n'a été détenu aussi longtemps sous ce régime, censé être temporaire. »

Des associations de défense des droits de l'homme se soulèvent.

Mais le procureur militaire ne veut rien entendre. Il réclame une peine de soixante ans de prison. L'avocat de Bradley Manning explique que les États-Unis souhaitent « envoyer un message clair à tout soldat qui envisagerait de transmettre des informations ayant trait à la sécurité nationale ».

En d'autres termes, la vie de Bradley Manning sera sacrifiée pour l'exemple.

En août 2013, Bradley Manning est finalement condamné à trente-cinq ans de réclusion, une peine plus clémente que ce que l'on pouvait craindre.

Quand il sortira de prison, il aura cinquante-sept ans.

Maintenant, Adrian Lamo est contraint de le reconnaître : il s'est trompé.

Il croyait que cette affaire lui offrirait un peu de lumière. Une renaissance. Il croyait redevenir quelqu'un, oui, quelqu'un, un homme, pourquoi pas un grand homme, pourquoi pas le sauveur du drapeau américain.

Il s'est trompé. Il n'y aura pas de lendemains.

Quand le FBI lui a proposé une planque, il a commencé par refuser. Il a dit qu'il n'avait pas peur, qu'il s'en sortirait.

Et puis, très vite, il s'est rendu à l'évidence : les menaces de mort pullulaient sur son répondeur, dans sa boîte mail, dans sa tête, partout. Il ne se passait pas un matin sans qu'il se lève en pensant : aujourd'hui, oui, c'est peut-être aujourd'hui qu'ils se vengeront, c'est peut-être aujourd'hui que je vais mourir. Jusqu'à ce que cette idée même fasse partie de son quotidien, de son environnement, comme si c'était la chose la plus normale au monde.

Il a accepté la planque. Un petit appartement, loin de tout, coupé de tout. Ne pas sortir. Attendre. Il était d'accord.

Cette fois, la solitude au moins montrerait son vrai visage, sans tous ces masques familiaux et amoureux, codes sociaux dérisoires qui s'évertuent à la faire passer pour de l'affection. Cette fois, au moins, il serait vraiment avec lui-même. Il s'est caché. Il a adopté un lézard, l'a mis dans une cage. Il lui a parlé, souvent. Il s'est acheté sur Internet une casquette violette où étaient inscrites les lettres SNITCH. La casquette a été livrée dans sa boîte aux lettres. Il ne bougerait pas. Il resterait là, dans cet appartement offert par le FBI, dans une parfaite adéquation à lui-même : un dénonciateur, un indic. Il a éprouvé une forme de soulagement, un peu comme quelqu'un qui voit enfin la mort arriver après une maladie interminable de souffrances et de faux espoirs. Cette fois, enfin, il était vraiment hors du monde.

Il n'est plus sorti de chez lui.

Il s'est habitué à la haine générale. Tous les jours, il pensait : Le monde entier me déteste, ce n'est pas grave, cela n'empêche pas le temps de s'écouler. C'est fou, comme le temps continue à s'écouler, quoi qu'il advienne. C'est fou, comme l'opinion des gens a finalement peu d'impact sur le cours des choses. On lui accorde bien trop d'importance. On a tort de la craindre. On a tort de vouloir être aimé, de se tordre dans tous les sens pour gagner un peu d'amour. Car enfin, cette hostilité universelle ne l'empêchait pas de se lever, de se faire livrer des pizzas, de boire du Coca, de prendre ses médicaments, de s'amuser sur son ordinateur, de s'endormir dans des lits sans draps.

« On a dû partir, explique le père à Vera Keller. On ne pouvait pas rester, vous comprenez. Personne ne peut vivre quand la mort fait sonner le téléphone tous les jours, personne.

Adrian était en sécurité, ils lui avaient donné un appartement, personne ne connaissait son adresse. Mais nous. À Carmichael, beaucoup de gens nous identifiaient, l'information a très vite circulé. On retrouvait des vitres cassées, des menaces de mort tracées à la bombe sur nos portes, sur nos murs. Des cercueils dans la boîte aux lettres, des lettres anonymes. La maison saccagée, plusieurs fois. Comment voulez-vous vivre avec ça.

Nous sommes retournés vivre en Colombie. Une petite maison perdue dans les montagnes. Là-bas, personne ne pouvait nous retrouver.

Nous appelions très souvent Adrian. Il est venu nous voir plusieurs fois. Nous ne l'avons jamais abandonné.

— Et le 70 Bates Street à Washington, demande Vera Keller, est-ce que cela vous rappelle quelque chose ? Vous savez qu'on a retrouvé cette adresse sur son corps, inscrite sur une étiquette. Est-ce que c'était vraiment l'adresse de ce groupe, Project Vigilant ?

— Je ne sais pas, madame. Project Vigilant est toujours resté quelque chose de très mystérieux pour nous. Une cyberorganisation qui travaillait pour le gouvernement, oui, c'est ce qui se disait à l'époque, en 2010, mais Adrian ne nous en a presque pas parlé. Quant à l'adresse, elle ne me dit rien. Je ne connais pas Washington. »

8

MADAME SULLIVAN

Adrian Lamo se souvient de Sullivan. L'autoroute, l'autocar, les immeubles nocturnes, leurs vingt ans. Et le chat.

Nous sommes en 2015 et la vie de Sullivan a tellement changé, maintenant il s'est marié, il a deux enfants, il a acheté une maison. Il appelle Adrian Lamo, pour prendre des nouvelles, et pour lui raconter tout cela, la vie qui avance, qui s'envole, les enfants qui grandissent trop vite. Il voudrait le revoir.

Adrian Lamo a refusé de lui donner son adresse. Il lui a dit : « D'accord, passe me voir si tu veux, mais je te guiderai par téléphone, je ne te donnerai aucune adresse, et je ne laisserai aucune trace écrite des instructions pour me rejoindre. »

Sullivan a accepté, et s'est laissé guider par téléphone, sans très bien comprendre quel chemin il empruntait : les instructions vocales lui faisaient faire des détours, des circonvolutions. Et puis, presque par miracle, il a atteint l'immeuble d'Adrian Lamo.

Il a trouvé un homme nageant dans un désordre innommable, des cartons de pizzas, des boîtes de médicaments, des poudres bizarres, des assiettes empilées. Il a trouvé un homme qui avait affreusement grossi, qui boitait, qui souffrait du dos, qui passait ses journées vautré derrière son écran d'ordinateur, coupé du réel, coupé de son corps. Il a trouvé un homme qui avait du mal à le regarder en face, qui avait du mal à parler, qui confondait les mots, les idées, les heures. Ses phrases se perdaient en cours de route et s'évanouissaient, incapables d'avancer, comme s'immobilisent nos corps impuissants dans les cauchemars de course impossible.

Sullivan l'a à peine reconnu.

En sortant, il a appelé sa mère, Madame Sullivan, loin, dans le Kansas. Il lui a dit qu'il venait de passer un long moment avec un homme en profonde détresse, un ancien ami, méconnaissable de douleur. Il lui a dit qu'Adrian Lamo avait besoin que quelqu'un s'occupe de lui. Il a ajouté qu'il aurait aimé le faire lui-même, mais qu'il ne pouvait pas, à cause du travail, de ses enfants en bas âge, à cause de sa vie de jeune cadre et de jeune père de famille.

Madame Sullivan a écouté le récit, le portrait. Madame Sullivan est une femme de conviction et de générosité. Elle connaît la nécessité de l'entraide, de l'assistance à personne en danger. Elle croit en Dieu, et elle croit en l'homme. Elle a dit à son fils : « Eh bien, c'est d'accord, ton père et moi nous allons nous occuper de ton ami. »

Madame Sullivan a appelé Adrian Lamo sur FaceTime, car elle voulait connaître son visage. Elle lui a exposé les règles de vie de la maison : participer au ménage, à la cuisine, mettre la table, enlever ses chaussures à l'intérieur, ne pas entrer dans le bureau de Monsieur Sullivan sans son accord, ne pas mettre le son de la télévision trop fort, ce genre de choses. Il a dit : « D'accord, je suis d'accord avec tout. »

Il a pris le train de nuit pour le Kansas, la campagne.

Il pensait à Dorothy dans *Le Magicien d'Oz*, elle aussi vient du Kansas. « *There's no place like home* », dit-elle, rien ne vaut la maison.

Il arrive à la gare au matin. Madame Sullivan a du mal à le reconnaître, il est plus petit que ce qu'elle imaginait, plus empâté, aussi. Il porte des gants noirs, un chapeau tout aussi noir, un long manteau aux poches pleines, une valise cassée. C'est tout.

« Enchantée », a-t-elle dit. Elle le fait monter dans sa voiture, elle, Madame Sullivan, avec sa bouille joviale, ses rondeurs bienveillantes, ses cheveux joyeusement décolorés.

Tandis qu'ils sillonnent des routes de gravier vers une maison perdue, Madame Sullivan explique à Adrian Lamo qu'ils vivent vraiment à la campagne, loin de tout, qu'il faut rouler au moins quinze minutes avant d'arriver quelque part. Le gravier crisse sous les pneus, vers le village, vers l'inconnu.

À trente-quatre ans, il a décidé d'essayer la vie normale. De l'essayer véritablement. Jusqu'ici, les maisons isolées, les villes et les campagnes où l'on part au travail le matin, où l'on rentre le soir pour jouer avec le chien et la famille, « à la soupe », les dimanches où l'on emmène les enfants au match de basket, lui faisaient l'effet d'une planète exotique, aux codes incompréhensibles. Aujourd'hui, il a pris une décision : il va jouer le jeu. On verra bien. De toute façon, il n'a plus le choix : il sent, il devine que la normalité est désormais sa seule chance de survie.

Soudain, il est plein d'espoir. Tout cela ne le rebute plus du tout. Au contraire, il éprouve de la gratitude.

Monsieur et Madame Sullivan sont des gens charmants, amènes. Très unis, fervents partisans de la vie et du bonheur. Ils célèbrent Noël et Thanksgiving. Ils font de grandes tablées familiales, de dix, douze personnes, avec des bougies, des couverts en argent, une dinde, des pommes de terre sautées, du pudding, des napperons en dentelle, et Tante Marta qui chante une chanson à la fin du repas, accompagnée au piano par son mari. Ils font des choses comme cela. Ils disent à Adrian Lamo qu'il fait partie de la famille, et Adrian Lamo veut le croire. Il s'assoit à table avec eux, il mange du pudding, et il écoute la chanson de Tante Marta avec une attention sincère, sans la moindre moquerie. On dit de lui qu'il est discret, car il ne prend pas part aux conversations, il ne fait pas attention à la météo, il n'a rien vu au cinéma dernièrement, il n'a pas d'avis sur la cuisson de la dinde, ni sur la recette du pudding : ce n'est pas qu'il soit timide, ni mal à l'aise, mais il ne sait tout simplement pas quoi dire. Il observe, et il essaie d'être normal – c'est un travail à temps plein, cela mobilise toute son énergie.

Une nuit, Madame Sullivan est réveillée par d'étranges bruits dans la maison. Elle se lève prudemment. Son mari dort à poings fermés. Elle ne fait pas de bruit, elle veut simplement comprendre ce qui se passe, elle craint un cambriolage, mais qui songerait à les cambrioler. La maison est silencieuse, enveloppée de nuit. Et puis, une lumière. Une lampe torche balaie le hall d'entrée, elle distingue son faisceau depuis l'étage. Oui, c'est sûrement un cambriolage, elle s'apprête à réveiller son mari, quand soudain elle le voit. Lui. Adrian Lamo. C'est lui qui arpente la maison sans allumer, avec sa lampe torche. Elle descend quelques marches, elle veut observer cela, cette chose si singulière, si dérangeante. L'homme qu'ils hébergent, l'homme qu'ils ont recueilli, déambule d'un pas lourd dans les différentes pièces du rez-de-chaussée, ces pièces mortes, endormies, qu'il démasque de sa lampe torche. Que cherche-t-il ? De l'argent ? De la poésie ? Est-il seulement éveillé ? Elle ne sait pas. Elle ne dit rien, elle retourne se coucher, elle ne cherche pas à comprendre. Elle sait, depuis le jour où elle a croisé son regard, qu'il ne faut pas chercher à comprendre Adrian Lamo.

Dans le jardin, Madame Sullivan lui apprend les noms des fleurs, rosier « New Dawn » – aube nouvelle –, hortensia, reine des prés, jasmin, pimprenelle, hélénie, plume du Kansas. Ensemble, ils parcourent les allées aux frémissements roses, jaunes, mauves, les grandes allées d'enfance – il redevient écolier, les yeux ouverts au déchiffrement du monde, il faut tout reconstruire, tout réapprendre, et il aime cela. Il aime la douceur de Madame Sullivan, il aime les noms des fleurs et leurs dépaysements, échinacée, tournesol du désert, une mélopée venue d'ailleurs, presque une langue étrangère qu'il apprendrait enfin, la langue de la tendresse, ou de la présence au monde, la langue du lien.

Le jardin des Sullivan est beau, tissé d'odeurs irréelles, enchanteresses. Il aime y suivre Madame Sullivan, et il aime s'y perdre seul, à la nuit tombée.

Il descend dans le jardin, il s'assoit par terre, au milieu des fleurs. Il écoute le soir, il écoute les couleurs. L'air est suave, le rose se renverse peu à peu sur le ciel, un frisson de sérénité lui saisit le dos, le cou, comme l'eau et le couvert que l'on offre enfin au pèlerin à l'issue d'un éprouvant voyage.

Il lui semble qu'il est heureux. Peut-être a-t-il trouvé sa patrie.

Il ne dort jamais dans des draps, cela aussi a surpris Madame Sullivan. Il ne dort pas toujours sur son lit, non plus. Le matin, il est fréquent qu'elle retrouve Adrian Lamo endormi sur le canapé du salon, ou par terre dans sa chambre, allongé sur une pile de vêtements.

Sur la boîte aux lettres, il n'a pas fait inscrire son nom. Il utilise son deuxième prénom comme nom de famille : Adrian Alfonso. Il reçoit des paquets, des objets qu'il commande lui-même sur Internet. Les colis arrivent au nom d'Adrian Alfonso.

Il participe à la vie de la famille, il fait les courses avec les billets qu'on lui donne, il met la table, il fait la vaisselle. Il n'est pas doué en cuisine, mais il fait des efforts. Un jour, Madame Sullivan lui apprend à faire des lasagnes. Une couche de pâte, une couche de sauce bolognaise, une couche de béchamel, et ainsi de suite. Surtout, ajouter tout le lait d'un coup pour la béchamel, et fouetter immédiatement pour éviter les grumeaux. Les lasagnes confectionnées par Adrian Lamo sous les conseils de Madame Sullivan sont succulentes. Le soir même, il appelle son père en Colombie, pour lui raconter qu'il en est très content.

Il travaille beaucoup, mais il n'a pas de métier. Pour s'adonner à ses activités, il descend dans la cave de la maison. Là, il reste des heures, des journées, il se concentre sur son ordinateur, sur ses tâches. Il appelle cela « sa recherche ». Monsieur et Madame Sullivan savent que cette « recherche » ne donne lieu à aucune rémunération, mais ils respectent la ferveur avec laquelle Adrian Lamo s'y consacre.

Le soir, il remonte à la surface, il prend place à table. Il se ressert de la soupe. Il aime cette soupe, le tintement des cuillers sur les assiettes le ramène au monde, à la confiance, à la foi – Dieu se niche sans doute lui aussi dans les détails. Madame Sullivan lui demande s'il a bien travaillé. Il est content de sa journée. Il leur explique qu'il ne souhaite plus hacker les entreprises américaines. C'est fini, tout ça. « Mais quoi, alors, que fais-tu ? » s'inquiète timidement Madame Sullivan. Car enfin, il doit bien faire quelque chose, là, dans la cave, sur cet ordinateur qu'il ne quitte jamais. « Je me concentre sur d'autres choses, des forces beaucoup plus *obscures.* » Monsieur et Madame Sullivan n'y connaissent rien, mais leur silence raconte leur trouble. Adrian Lamo leur explique qu'il s'attaque au *dark web*, des affaires qui ont trait à l'ISIS, l'Intranet Sécurisé Interministériel pour la Synergie gouvernementale, cet outil qui assure le partage de documents secrets entre gouvernements. Aux questions craintives de Monsieur et Madame Sullivan, il n'offre que des bribes, des indices, il ne peut pas trop en dire, explique-t-il, il n'a pas le droit d'en parler, mais il est au Kansas pour effectuer une sorte de mission secrète. En lien avec le gouvernement, oui. Il travaille pour son pays, qu'il aime. Sa « recherche » répond à une demande du département de la Sécurité intérieure des États-Unis. En fait, avoue-t-il à demi-mot, il est une sorte d'*agent secret*. Surtout, il faut qu'ils gardent le silence sur ce qu'il vient de leur confier. Il en a déjà trop dit. Il compte sur leur discrétion absolue.

Madame Sullivan range les assiettes à soupe. Elle fait la vaisselle. Elle est perplexe. Silence. On éteint la petite lampe près du piano, la nuit est venue, les Sullivan vont se coucher, laissant Adrian Lamo sur le canapé.

Ce soir-là, dans la chambre sans lumière, allongés l'un près de l'autre, les Sullivan ruminent des interrogations désordonnées. Ils n'osent pas s'en parler. Puis, Madame Sullivan tourne son visage vers son mari : « Tu crois que c'est vrai, ce qu'il raconte ? » Évidemment, Monsieur Sullivan se pose la même question. Elle poursuit : « Après tout, ça ne serait pas impossible. Le FBI lui a peut-être proposé une sorte de travail. » Monsieur Sullivan hésite. Sur la table de nuit, un réveille-matin chante un tic-tac menaçant. Et soudain, Monsieur Sullivan tranche :

« Non. Non, ça ne peut pas être vrai. C'est dans sa tête. »

Monsieur et Madame Sullivan regardent parfois la télévision, le soir, après le dîner, et Adrian Lamo s'assoit généralement sur le canapé en cuir, un canapé trois places. Il s'installe entre Monsieur Sullivan et Madame Sullivan. Il est un fils adoptif assumé, il se sent bien, entre leurs deux chaleurs, leurs deux bienfaisances. Monsieur et Madame Sullivan ne sont pas passionnés par l'état du monde, mais la télévision leur fait du bien, ils la regardent pour s'apaiser, comme on regarderait un grand feu de cheminée et ses images dansantes.

À la télévision, il arrive que les reportages parlent de Bradley Manning.

À la télévision, on raconte que Bradley Manning a déclaré être une personne transgenre, et entreprend un traitement hormonal. Il deviendra elle. Elle s'appellera Chelsea Manning.

À la télévision, un soir, on annonce que Chelsea Manning a fait une tentative de suicide en prison.

Monsieur et Madame Sullivan en conçoivent une gêne immédiate, et changent de chaîne. Une publicité pour du shampoing exhibe une jeune femme qui rit sous la douche. Le visage d'Adrian Lamo ne laisse rien transparaître.

À la télévision, un autre soir, on raconte encore que Chelsea Manning, placée en cellule d'isolement depuis sa tentative de suicide, a entamé une grève de la faim. On raconte qu'elle parle de harcèlement, que la grève de la faim est sa façon de protester contre ce harcèlement. Harcèlement du système carcéral, et harcèlement du gouvernement américain.

À la télévision, quelques jours plus tard, on annonce que Chelsea Manning a mis un terme à sa grève de la faim, car l'armée a accepté sa demande d'opération chirurgicale pour changer de sexe.

Mais déjà le temps s'enfuit et, avec lui, l'intérêt, cette chose si fugace, si précaire. Assis sur le canapé, devant les semaines, les informations et les images qui passent, Adrian Lamo a le sentiment que le monde ne pense plus à Chelsea Manning. La colère provoquée par son arrestation en 2010 s'est estompée pour laisser place à une indifférence vaguement charitable – le monde change si vite, et tant d'affaires nous occupent. Il y a eu Fukushima, le mouvement des indignés, la guerre d'Afghanistan, il y a eu des attentats à Paris, à Bruxelles, et une fusillade en Floride le 12 juin dernier, cinquante morts. Il y a tant de choses dont il faut parler, dont il faut s'inquiéter. Un drame chasse l'autre. On oublie peu à peu le soldat révolté de Bagdad, de même que l'on avait oublié le hacker sans abri. Sans doute est-ce dans l'ordre des choses.

Deux mois ont passé : on parle à nouveau de Chelsea Manning dans le salon de Monsieur et Madame Sullivan, après le dîner. La télévision raconte qu'elle a fait une seconde tentative de suicide. Madame Sullivan, les joues empourprées, s'empare de la télécommande, changer, vite, oublier. Cette fois, le hasard des chaînes les fait tomber sur un documentaire animalier. Il y est question de cerfs. Des forêts interminables, écrasantes. Leurs bois tombent tous les ans, dit la voix, et repoussent au cours de l'été.

Monsieur Sullivan est embêté : il a retrouvé des papiers en désordre, dans son bureau. Son bureau est ce qu'il a de plus cher au monde, il y passe ses soirées, ses week-ends, il est directeur des comptes pour une vaste entreprise de télécommunications, il a beaucoup de travail. L'ordre, le rangement, lui importent. Tout est toujours impeccable, dans ce bureau. Il ne le ferme pas à clé, car c'est une famille qui croit à la confiance. Mais cela faisait partie des règles de vie de la maison, exposées dès le début par Madame Sullivan au téléphone : « Ne jamais entrer dans le bureau de Monsieur Sullivan sans son accord. »

Depuis quelque temps, Monsieur Sullivan retrouve régulièrement d'étranges traces de présence : des miettes près de l'ordinateur, un peu de terre sur le tapis. Et les papiers : ils étaient rangés, il en est sûr, quelqu'un y a touché. Une feuille a même été froissée, presque déchirée.

Il y a du passage dans la maison : ils reçoivent souvent des collègues, de la famille, des amis. Parfois, ces amis ont des enfants. Adrian Lamo n'est pas *forcément* coupable.

Monsieur Sullivan ne sait pas. Monsieur Sullivan croit à la présomption d'innocence et n'accuse personne. Comme il ne veut pas le mettre mal à l'aise, il n'a pas envie de lui en parler directement.

Il a une meilleure idée : il va installer une discrète caméra dans un coin du bureau, et lancer l'enregistrement.

Un dimanche après-midi, tandis qu'Adrian Lamo continue sa « recherche » à la cave, et que Madame Sullivan est sortie prendre le thé chez une amie, Monsieur Sullivan branche la caméra. Elle est minuscule, invisible.

Toutes les vingt-quatre heures, il explore son butin, regarde la vidéo en accéléré. Pendant plusieurs jours, cela ne donne rien. Pas un seul passage, pas une seule palpitation, rien. Il attend, il attend le poisson au bout du fil. Il est patient. Il sait qu'il finira par voir quelque chose : il sait que les papiers étaient dérangés, et cette terre sur le tapis, il ne l'a pas rêvée. Tous les jours, il accélère des images vides. Il ne dit rien à personne, Madame Sullivan n'est pas au courant.

Et puis, un jour, la pêche est bonne : les images parlent.

C'est la nuit que la caméra a enregistré cela. Depuis un angle du plafond, dans une courte focale qui déforme les lignes et les volumes, on distingue les contours de la pièce, bien qu'elle soit plongée dans une obscurité à peine démentie par quelques rayons de lune. La porte du bureau s'ouvre. Un faisceau de lumière envahit alors l'espace, balaie les murs et les meubles. C'est une lampe torche, celle d'Adrian Lamo. Sa silhouette entre à son tour, titubante, hasardeuse. Il cherche quelque chose, il se cogne aux meubles, il se cogne à tout. Il empoigne les papiers posés sur le bureau, il ouvre les tiroirs, il cherche, il cherche encore. Pendant cinq, dix, quinze minutes, on le voit errer dans le bureau, perdu, poser sa main sur les étagères, ouvrir les placards, bouger les objets, fouiller, s'allonger par terre. Il n'allume pas l'ordinateur. C'est autre chose qu'il cherche, avec sa lampe torche.

Recroquevillé au sol comme une bête traquée, Adrian Lamo se met à pleurer. Son corps est saisi de sanglots convulsifs, la caméra le montre clairement.

« Pour qui tu te prends ? » hurle Monsieur Sullivan, cet homme si calme, si tempéré, qui a fait des études de comptabilité et jusqu'ici ne connaissait de la colère que ce qu'il en avait lu dans la Bible.

« Pour qui tu te prends, où tu te crois ? » Il ne savait pas qu'il était capable de ressentir cela, ce désarroi qui est une forme de rage et d'incompréhension, et que lui inspire désormais Adrian Lamo, Adrian Lamo qui est devenu comme leur fils et qui piétine outrageusement toute une vie d'ordre et de travail, qui ouvre tous les tiroirs, qui méprise l'intimité d'un lieu, qui méprise le secret professionnel. Monsieur Sullivan hurle dans le salon, et Adrian Lamo est assis dans un fauteuil, il examine le tapis, les motifs dans le tapis, comme les enfants il s'amuse à distinguer des formes, des visages, oui, il y a un bonhomme, là, dans le tapis gris, deux yeux et une bouche, il en est certain. Adrian Lamo ferme ses oreilles, c'est ce qu'il a de mieux à faire. « On t'héberge, on te fait confiance alors qu'on te connaît à peine, on te donne tout, tu entends, tout ! » Monsieur Sullivan a changé de couleur, il ressemble maintenant aux rideaux du salon, c'est entre le violet et le pourpre. « Mais qu'est-ce que tu foutais dans mon bureau, qu'est-ce que tu fous ? C'est mon intimité, c'est ma pièce, ce sont mes papiers, mon travail, tu comprends, ça ? »

Madame Sullivan rentre chez elle et, depuis le jardin, elle entrevoit le salon de l'autre côté de la baie vitrée. Elle discerne, derrière les rideaux violets, le visage bouffi de son mari, tordu de colère, et l'apathie d'Adrian Lamo qui regarde le tapis, pétri d'indifférence plutôt que de remords. Elle entre, elle entend la voix de Monsieur Sullivan, « Comment as-tu pu nous faire ça, tu as trahi notre confiance ». Elle comprend. Elle entre dans le salon, « Calme-toi mon chéri, on va discuter calmement ». Mais Monsieur Sullivan est dans un état second, il est ailleurs, loin, il n'obéit qu'à la fureur. « Qu'est-ce que tu cherchais dans mon bureau ? De l'argent ? Tu veux nous voler du fric ? »

Alors seulement, Adrian Lamo lève son regard nébuleux vers Monsieur et Madame Sullivan. Il faut qu'il leur dise la vérité :

« Non. Je cherchais des médicaments. »

Le soir, Monsieur et Madame Sullivan font le point, tous les deux, dans leur chambre. Monsieur Sullivan ne veut plus d'Adrian Lamo chez eux, il ne lui fait plus confiance. Il refuse de vivre dans un climat de suspicion, d'inquiétude. Après tout, cet homme n'est pas leur fils : ils ne lui doivent rien.

Madame Sullivan essaie de prendre la défense d'Adrian Lamo, mais, très vite, elle est rattrapée par ses propres doutes. Une forme de fatigue, aussi : la vie était si simple quand ils n'étaient que deux.

Ils prennent une décision. Ils vont demander à Adrian Lamo de faire ses bagages, ils l'aideront à trouver un autre logement, et puis... Et puis, il faudra bien qu'il se débrouille.

Il dort sur son ordinateur, qu'il a glissé sous l'oreiller – il a trop peur qu'on le lui vole. C'est son travail, c'est sa vie. On pourrait même dire que c'est son corps. Tant pis s'il l'écrase un peu : au moins, l'ordinateur reste en sa possession, là, sous sa tête.

Il est allongé dans une sorte de grand dortoir. Des dizaines de lits sont alignés dans le noir. Les ronflements pullulent, des odeurs de sueur, de pauvreté, des odeurs de déshérence. C'est le lieu du grand pourrissement de l'humanité, pense Adrian Lamo en essayant de s'endormir, le rivage où viennent s'échouer tous ceux qui n'ont pas *réussi à*, les solitaires absolus, ceux qui n'auront jamais vraiment compris où ils étaient nés.

Ainsi donc, il fait maintenant partie de ces gens-là, se dit-il, et un haut-le-cœur s'empare de lui, violemment – c'est l'odeur, oui, l'odeur du dénuement et de la solitude où se mêlent des relents de pisse et de vomi, de bières et de liqueurs qui ne suffiront jamais à oublier, à renaître, et tous ces hommes mal rasés autour de lui, ces hommes auxquels il manque des dents, ces hommes perdus qui lui offrent un miroir grotesque et sinistre dont il n'a même plus la force de s'attrister.

Monsieur et Madame Sullivan lui ont trouvé cette place dans un foyer pour sans-abri, mais ils lui ont promis que, bientôt, il aurait un appartement à lui. En attendant, il dort sur son ordinateur, il protège son visage virtuel et rayonnant, le *Adrian Lamo* qui voyage encore un peu partout sur Internet, et qu'il tient à maintenir en vie.

Quelques semaines ont passé quand le téléphone sonne, la voix de Madame Sullivan, « J'ai une bonne nouvelle à t'annoncer », elle a l'air heureuse, pense Adrian Lamo, et c'est pour elle qu'il se réjouit sincèrement. Ils lui ont trouvé un petit appartement dans une résidence, modeste, destinée aux personnes âgées, oui, mais qui accepte également d'autres individus à faibles revenus.

« J'ai de la chance de gagner moins de mille dollars par an, alors, conclut Adrian Lamo sans ironie, j'ai de la chance d'être pauvre. »

Monsieur et Madame Sullivan n'ont pas l'intention de le laisser tomber. Ils l'aident à s'installer, lui achètent des meubles, un canapé, une table, des chaises, une machine à café. Il accepte la mascarade du grand magasin d'ameublement, la promenade au temple de la consommation, car cela semble leur faire plaisir, alléger un peu leur culpabilité. Les bonnes actions sont réconfortantes, il le sait, il ne voudrait pas les en priver. Madame Sullivan emmène Adrian Lamo au rayon literie : « Maintenant, on choisit ton lit, ton matelas. »

Il regarde autour de lui l'absurde enfilade de King Sizes, un musée moderne pour intimités aseptisées, livraison offerte profitez-en, du bonheur conjugal en kit. Cela, il ne peut pas l'accepter. « Le canapé, ça suffira. Je n'ai pas besoin d'un lit. »

Il emménage dans un studio rudimentaire. Vide. Sommaire. Canapé, table, chaises. Le nécessaire. Pas de couleurs.

Dans la journée, il se promène dans la cour de la résidence. Il ne croise que des têtes blanches, qui attendent plus ou moins leur dernière heure.

Le 17 janvier 2017, trois jours avant la fin de son mandat, le Président Obama annonce que la peine de Chelsea Manning va être réduite à sept ans de prison, au lieu des trente-cinq années attendues. Ces sept années ont déjà été effectuées.

Adrian Lamo n'a plus la télévision dans son appartement, mais la nouvelle lui parvient rapidement par Internet, il passe tant d'heures derrière son ordinateur.

Quatre mois sont nécessaires à l'administration pour libérer Chelsea Manning.

Le 17 mai 2017, elle sort de prison.

Femme.

Libre.

Le 14 mars 2018, Adrian Lamo est retrouvé mort dans son appartement.

La directrice de la résidence prévient Madame Sullivan, avec qui elle est en contact, et Madame Sullivan se charge d'appeler le père d'Adrian Lamo. Elle lui annonce, elle a ce courage, elle prononce les mots de la mort. Puis elle se rend à la résidence; police et médecin légiste ont déjà pris des photos et emporté le corps.

L'appartement que retrouve Madame Sullivan n'a rien à voir avec le cocon qu'elle croyait lui avoir déniché. C'est désormais un champ de bataille, croupissant sous la saleté, les taches de gras, les vêtements, les plaquettes vides.

Le père a pris l'avion à Bogotá, il sera bientôt là, elle le sait. Elle n'arrive pas à penser à la mort d'Adrian Lamo. Elle pense simplement : Il faut faire le ménage. Cette pensée l'envahit, la submerge, devient un enjeu capital, une question de survie, il ne faut pas que le père voie cela, il ne faut pas qu'il sache comment son fils vivait, sous quelle masse de pilules, de flacons. Elle pense : C'est une porcherie. C'est tout ce qu'elle peut supporter de penser. Elle s'accroche à ce désordre, à cette vision terrifiante et à la nécessité d'y remédier, vite, très vite, il faut ranger, trier, il faut tout nettoyer, tout nettoyer pour ne pas s'écrouler.

Quand le père d'Adrian Lamo arrivera sur les lieux, il trouvera un appartement impeccable.

Plus tard, Madame Sullivan regrettera d'avoir jeté hâtivement les boîtes de médicaments vides, qui auraient peut-être fourni des indices.

9

BOW

Bow a appris la mort d'Adrian Lamo, et il s'est effondré, lui qui ne pleure jamais.

Pour Bow, la liberté a toujours été un concept tragiquement théorique, une sorte de publicité mensongère. La liberté, c'était bon pour les chansons de supermarché et les ouvrages de philosophie, ce n'était pas une chose sérieuse, pensait Bow, ce n'était pas la vraie vie, avec son lot de compromis, de contraintes et de déceptions. Oui, Bow pensait que la liberté n'existait pas. Jusqu'à ce qu'il le rencontre. Jusqu'à ce qu'il rencontre Adrian Lamo.

Il l'a connu dans sa vingtaine, au temps des grands voyages, des grandes conquêtes, il lui a offert le gîte et le couvert, il lui a dit des poèmes, ils ont traversé les égouts de la ville, il n'a jamais oublié ces moments extorqués à l'ordinaire.

Pour rien au monde il ne raterait son enterrement. Il fait le voyage, il prend l'avion jusqu'à Wichita, Kansas, un long trajet, deux escales. Il repense à Walt Whitman, *car nous sommes en partance pour ces lieux où aucun marin n'a encore jamais osé aller, et nous risquerons le navire, nous-mêmes et tout le reste.*

Un crématorium. Le cercueil, fermé. Il y a là moins de dix personnes. Bow n'en croit pas ses yeux. Les parents, le frère, la sœur d'Adrian Lamo. Monsieur et Madame Sullivan.

Et lui, Bow.

C'est tout.

Personne d'autre n'a pris l'avion, personne d'autre n'est venu jusqu'à Wichita, Kansas.

Le cercueil disparaît derrière une cloison, et un écran retransmet l'incinération, à gauche des bancs. Tout le monde regarde le cercueil sur l'écran. L'image du cercueil qui entre dans ce que l'on suppose être un four. La porte qui se referme sur le cercueil. Et l'écran qui s'éteint.

C'est tout.

Bow restera interdit devant ce spectacle désolant. Il n'y aura pas de larmes versées. Tout le monde restera emmuré dans une tristesse froide, pour une cérémonie déserte. On dit que nos morts ressemblent à nos vies; celle d'Adrian Lamo respire l'absence de lien.

Bow sera ému, pourtant. Bouleversé. Il ne saurait dire pourquoi, mais il croit, oui, il croit qu'il aimait cet homme.

Il ne parlera à personne. Il traversera la cérémonie comme un fantôme, il jettera quelques pétales et laissera ses pensées s'égarer vers des souvenirs exfoliés, déchus, comme on le fait dans ces moments-là, saisi par l'évidence de la perte.

Il pensera à Adrian Lamo. Il se dira qu'il a éprouvé à ses côtés, il y a des années, un étrange et puissant sentiment d'amitié. Il se dira que, pourtant, il ne le connaissait pas vraiment, qu'il ne le connaissait pas suffisamment, qu'on ne se connaît *jamais* suffisamment, ou peut-être est-ce une question d'amour, de l'insuffisance de notre amour – il paraît que notre époque n'est pas douée pour les sentiments.

Il se dira qu'il ne savait peut-être rien d'Adrian Lamo, en somme, si ce n'est son goût de l'inconnu.

... *Et nous risquerons le navire, nous-mêmes, et tout le reste.*

La nuit, Bow rêve de cet écran dans le crématorium, et du cercueil qui a été englouti par le four en quelques secondes, retransmis en direct, comme une performance sportive. Bow rêve de cet écran, et des sueurs glaciales l'arrachent au sommeil. Bow n'a jamais aimé les écrans, il préfère les êtres humains, il a cette coquetterie un peu désuète.

La nuit, Bow rêve que cet écran leur a menti, qu'Adrian Lamo n'est pas vraiment mort.

La nuit, Bow rêve qu'Adrian Lamo vit désormais dans un *contre-monde*, un monde numérique, un monde de jeu vidéo, aux couleurs rougeoyantes, accessible grâce à un logiciel, et que les dirigeants de ce monde en ont simplement condamné les sorties, afin d'y enfermer tous les joueurs. Un monde souterrain, confiné, qui évoque lointainement les égouts de Washington, et dont les escaliers se détruisent un à un, dans des explosions orchestrées par les puissants. La nuit, Bow rêve qu'Adrian Lamo, prisonnier de ce contre-monde, ne peut plus rejoindre la surface de la terre, l'air libre.

Bow rêve du crématorium, de cet écran, de ce cercueil, et au réveil il lui semble que la mort elle-même est devenue une sorte de farce virtuelle.

Dans la semaine qui a précédé sa mort, Adrian Lamo ne s'est pas connecté du tout. Les habitués des réseaux sociaux ont constaté cette étrange disparition. Adrian Lamo était perpétuellement *hors ligne*.

Au cours de l'enquête, cette absence au monde virtuel a suscité d'importantes suspicions de la part de la police.

Beaucoup de gens rêvaient de le voir mort. Des individus, des organisations. Alors il y a ce mot, le mot « meurtre », le mot auquel tout le monde pense.

Vera Keller aussi y pense, elle ne pense qu'à cela. En apprenant la mort d'Adrian Lamo, elle s'est dit : Avec tous les médicaments qu'il prenait, cela va forcément ressembler à un suicide, ils ont fait ça bien.

Un jour, il avait dit à Madame Sullivan, comme une boutade : « Je suis trop narcissique pour me suicider. »

Vera Keller pense que, aussi invraisemblable que cela puisse paraître, Adrian Lamo est un homme qui aimait la vie.

Et puis, cette absence de connexion, juste avant de

mourir – inhabituelle, improbable chez un homme comme Adrian Lamo.

Très vite, cependant, les enquêteurs se sont rendu compte qu'Adrian Lamo n'avait pas payé sa dernière facture de téléphone. Or il se connectait en partage de données. L'opérateur avait tout simplement coupé son abonnement. Il a fini par régler sa facture, et la connexion a été rétablie quelques jours avant sa mort.

Mais cette phrase tourne en boucle dans la tête de Vera Keller. « Je suis trop narcissique pour me suicider. » Adrian Lamo n'était pas homme à mettre fin à ses jours, Vera Keller en est persuadée. Alors ?

Alors, on a retrouvé sur son téléphone une note vocale, probablement enregistrée quelques heures avant sa mort. Il y expliquait qu'il s'était tordu la jambe et qu'il ressentait une douleur terrible, insoutenable.

Il n'est pas impossible que, après cette note vocale, Adrian Lamo ait passé quelques heures sur son ordinateur, mangé une pizza, et pris des médicaments, trop de médicaments, pour se détendre et soulager cette douleur à la jambe. Tous ces médicaments qu'il achetait sur Internet, et qu'il faisait livrer au nom d'Adrian Alfonso. Le kratom fait mauvais ménage avec les benzodiazépines, a lu Vera Keller.

Il n'est pas impossible qu'il se soit allongé sur le côté, recroquevillé, par terre, au-dessus d'une pile de vêtements, comme il le faisait parfois. La douleur aurait peut-être progressivement disparu, vers l'apaisement, vers l'oubli – jusqu'à la nuit, jusqu'à la fin.

Adrian Lamo
Assistant de direction
Analyse des menaces / Enquêtes
Project Vigilant
70 Bates Street
Washington, DC.

C'est l'étiquette que l'on a trouvée sur le corps sans vie d'Adrian Lamo. Elle était collée sur sa cuisse. Sous ses vêtements, aplatie à même la peau.

On avait parlé de Project Vigilant en 2010, on avait émis l'hypothèse d'une société secrète. On savait peu de choses de ce groupe. L'inspecteur ignorait qu'il existait encore. « Il n'existe plus », dit un autre flic, un jeune, sûr de lui, « Cette étiquette, c'est du bluff, ça ne correspond à rien de réel ».

Le jeune flic a refermé le dossier, et a statué : « Ce mec, c'était un taré. »

L'affaire semblait close.

Mais Vera Keller est là, à Washington, et elle veut savoir. Elle a récupéré la liste de tous les anciens propriétaires et locataires du 70 Bates Street. Elle a appelé toutes les personnes qui ont vécu dans cette maison rouge depuis les années 1990. Elle s'y est même rendue. Personne n'avait jamais entendu parler d'Adrian Lamo, ni de Project Vigilant. De toute évidence, cette adresse n'avait jamais hébergé cette société, ni aucun hacker identifié comme tel. Elle a continué son enquête. Elle a posé la question à tout son entourage. Personne n'était jamais allé au 70 Bates Street avec Adrian Lamo. Elle a poursuivi ses appels. Toutes ses journées, elle les passait au téléphone. Vera Keller est obstinée ; si cette adresse était la clé de sa mort, il était de son devoir de comprendre.

Parmi la liste des anciens locataires occasionnels, un nom ressemble à un canular : Walt Whitman. Comme ce poète américain, mort depuis la fin du XIXe siècle.

Walt Whitman ne répondait pas, et Vera Keller a cru bon d'insister.

Un jour, le téléphone a fini par décrocher. « Je ne suis pas très réactif au téléphone, je ne suis pas très moderne », s'est excusée la voix au bout du fil.

Walt Whitman existait bien, mais il ne s'appelait pas Walt Whitman. Il s'appelait Bow.

Bow, l'ami poète, Bow a vécu au 70 Bates Street, au début des années 2000.

Il habite toujours Washington.

Bow, le seul qui ait répondu présent à la cérémonie, le seul qui ait pris l'avion jusqu'à Wichita, Kansas.

Vera Keller repart de Washington ce soir, ils ont tout juste le temps de se rencontrer autour d'un café. Oui. Bow n'a pas vécu longtemps au 70 Bates Street, des sous-locations fugaces, mais il y a hébergé plusieurs fois Adrian Lamo, le hacker de vingt ans, le bohémien surdoué. Il lui a offert une soupe, un canapé pour la nuit.

« Ce fut un endroit d'amitié », dit Bow.

Non, aucun rapport avec une organisation secrète, ni même avec le hacking. Juste un endroit où, pour quelques nuits, Bow a proposé de l'aide à Adrian Lamo qui, en échange, lui a rendu le monde moins monotone, moins attendu.

L'existence de l'étiquette lui arrache un éclat de rire. Cette adresse bidon, c'est comme une plaisanterie envoyée par Adrian Lamo depuis son *contre-monde*, un clin d'œil à leur rencontre, à ces temps révolus, aux nuits de tous les possibles. Une façon de dire : C'était important.

Pour la première fois depuis la mort d'Adrian Lamo, Bow ressent quelque chose comme un apaisement.

Dans l'avion qui l'exile de Washington, Vera Keller regarde les nuages qu'elle domine. Elle pense à l'article qu'elle s'apprête à écrire. Elle se demande si la vérité des êtres peut parfois tenir à une adresse, à une date, comme si chaque vie humaine devait un jour connaître une sorte de point d'acmé, un sommet, un couronnement, ancré dans l'espace et dans le temps, merveilleusement significatif, et tragiquement éphémère.

Une pièce manque au puzzle : Chelsea Manning. Jamais elle ne s'est exprimée sur Adrian Lamo. Ni pendant le procès, ni depuis sa libération.

Vera Keller fait demander à Chelsea Manning, par l'intermédiaire de son avocat, si elle pardonne à Adrian Lamo. Elle sait qu'Adrian Lamo, lui, n'a jamais exprimé de regrets quant à la dénonciation. Il a dit qu'il regrettait seulement *de n'avoir pas pu être l'ami de Bradley Manning*.

Chelsea Manning fait parvenir à Vera Keller une note manuscrite, où elle écrit : « Il n'y a rien à pardonner. »

La note se poursuit : « Je n'ai jamais voulu de mal à Adrian Lamo, à aucun moment. J'en veux plutôt au gouvernement de l'avoir utilisé. »

Mars 2002. Adrian Lamo a vingt et un ans. Il est assis sur des marches, devant un immeuble de la Western Union Telegraph, construit au XIXe siècle, aujourd'hui laissé à l'abandon. Son ordinateur portable trône sur ses genoux. Cette maigreur, ces vêtements chiffonnés, ce visage captivé, vif, et puis ce regard, ce regard tellement clair. Il travaille, il est tout à ce qu'il fait.

Un jeune garçon s'approche de lui, il traîne les pieds, un adolescent, presque un petit garçon, « Il me faut dix dollars, murmure-t-il, s'il te plaît, donne-moi dix dollars ».

Adrian Lamo lève sur lui son regard d'océan, et découvre un visage ravagé, une déroute. Le garçon répète, « S'il te plaît, juste dix dollars, s'il te plaît ». Adrian Lamo aimerait l'aider, il aimerait lui tendre la main, se sentir utile, se sentir aidant, juste. « Je peux vraiment pas, est-il obligé de répondre, j'ai que trente dollars en tout et pour tout, je vis avec deux dollars par jour. » Il désigne l'immeuble désaffecté derrière lui, « Tu vois, c'est ça ma maison, c'est là que je vis en ce moment ». Le jeune garçon a entendu, compris, mais il espère encore,

« Il me faut de l'héroïne, explique-t-il, il me faut dix dollars pour mon héroïne, ça fait trop longtemps, j'ai trop mal ».

Il commence à pleurer, des tressaillements, une grande vague de souffrance.

Alors, Adrian Lamo referme son ordinateur. Il se lève, sa main vient effleurer l'épaule du garçon, les sanglots s'apaisent. « Viens, assieds-toi deux secondes. » Le garçon est calme, maintenant, il s'assoit, Adrian Lamo aussi. Il lui tend un mouchoir, et le garçon sèche ses larmes.

Ils restent un instant, ils habitent le silence, une suspension.

Lamo sort du tabac et des feuilles, roule une cigarette, l'allume, la donne au garçon. Ils fument. Respiration. « Ça va mieux ? » demande Adrian Lamo. Oui, cela va mieux. De lentes et longues bouffées qui caressent une vérité, la vérité d'un moment partagé, absolument partagé.

« Quel âge t'as ? » demande Adrian Lamo. « Quinze ans », répond le garçon. « C'est bien, quinze ans. » Respiration, encore. Quelque chose chez cet adolescent le bouleverse. « T'es au lycée ? — Oui. En seconde. À l'école Newman, pas très loin. » Est-ce sa détresse qui le touche ? Sa jeunesse ? C'est tout cela, et c'est autre chose. « Est-ce qu'il y a déjà plein d'emmerdeurs pour te demander ce que tu veux faire plus tard ? » Ça y est, Adrian Lamo a réussi à décrocher un sourire au garçon, qui le regarde. Lui aussi a les yeux clairs. « Les écoute pas, tranche Adrian Lamo. Ils y connaissent rien. — Je sais pas, oscille le garçon. C'est vrai que je devrais savoir. C'est toujours mieux de savoir où on va. »

Adrian Lamo réfléchit. « Non, je ne crois pas. » Le garçon lui tend la cigarette. Il respire à son tour. Lentes, longues bouffées. On dit de ces moments-là qu'ils sont arrachés au temps. « Moi, la plupart du temps, poursuit Adrian Lamo, je fais les choses sans but précis, et puis mon attention est retenue par quelque chose qui me semble être la bonne chose à faire, au bon moment. Et je le fais. Et ça m'emmène quelque part... Je ne sais pas, ça m'emmène ailleurs. »

La cigarette revient au garçon, les mots résonnent en lui, il confie passer sa vie à vouloir partir ailleurs. « T'es pas le seul », laisse échapper Adrian Lamo. Les yeux du garçon s'animent : « Tu crois que c'est possible ? Partir, partir vraiment, tu crois que c'est possible ? »

Adrian Lamo plisse les yeux en signe d'acquiescement. Il lui semble, oui, il lui semble qu'ils se comprennent vraiment. Ça doit être cela, être ensemble – simplement ensemble. Le temps continue à s'exhaler lentement, à la cadence diffuse de la cigarette. Adrian Lamo lui demande si le lycée lui plaît. « J'y vais pas beaucoup », admet le garçon, dans un sourire de douce impertinence. Adrian Lamo sourit à son tour : « T'es un électron libre, alors... » Ils se sont reconnus. Ils font partie du même monde, celui de l'absence de résignation, celui de la haine des servitudes. « On nous mène la vie dure, mais il faut s'accrocher », promet Adrian Lamo.

Le garçon se lève, appelé par la séparation, par l'oubli. Adrian Lamo sort un maigre billet de sa veste, « Je te donne cinq dollars, je peux vraiment pas faire plus, ça représente deux de mes journées ». Le garçon empoche le bout de papier, offre à l'épaule d'Adrian Lamo une tape amicale, le remercie dans un silence. Il s'apprête à partir, mais Adrian Lamo le retient de la voix. « Tu sais... » Le garçon se retourne. Il écoute. « J'ai l'impression... Je ne sais pas. Tout est possible. Tu ne crois pas que tout est possible ? »

Le garçon a dit oui des yeux, puis il s'est éloigné, devenant de plus en plus ténu, fragile. C'était un jour sans soleil et rien ne poursuivait sa silhouette fine et indépendante – pas même son ombre. Assis devant un bâtiment d'un autre siècle, ému sans savoir pourquoi, le hacker sans abri regarde disparaître quelque chose comme la compréhension, puis reprend son ordinateur et retourne à sa vie.

Bibliographie

Camille Gévaudan, « WikiLeaks attaqué à la source », *Libération*, 7 juin 2010.

David Dishneau, « Former agent alerted authorities in WikiLeaks case », *Taiwan News*, 5 août 2010.

Cyrus Farivar, « How did hacker Adrian Lamo die? Medical examiner couldn't figure it out », *Ars Technica*, 9 juin 2018 (?).

Patrick Gray, « Cybercrime leads to a sense of security », *The Age*, 6 février 2007.

Evan Hansen, « Manning-Lamo chat logs revealed », *Wired*, 13 juillet 2011.

Jennifer Kahn, « The Homeless Hacker v. *The New York Times* », *Wired*, 1er avril 2004.

Brian Krebs, « Adrian Lamo, "homeless hacker" who turned in Chelsea Manning, dead at 37 », *KrebsonSecurity*, 18 mars 2018.

Adrián Lamo, *Ask Adrián, Q&A With the 21st Century's Best Known Hacker*, IT-Harvest Press, Buk.io.

Ran Levi, « The Whistle Blowers, season 2, episode 10 », *Malicious Life*, Cybereason, 2019.

Jeffrey C. Mays, « Adrian Lamo, hacker who reported Chelsea Manning to the F.DevI., dies at 37 », *The New York Times*, 17 mars 2018.

Kevin Poulsen, « Ex-hacker Adrian Lamo institutionalized, diagnosed with Asperger's », *Wired*, 20 mai 2010.

Kevin Poulsen, « Lamo bumped from NBC after hacking them », *SecurityFocus*, 27 août 2002.

Paul Roberts, « *New York Times* hacker Adrian Lamo gets home detention », *Computer World*, IDG News Service, 16 juillet 2004.

Noah Shachtman, « He hacks by day, squats by night », *Wired*, 6 mars 2002.

Diana Temple-Raston, « The mysterious death of the hacker who turned in Chelsea Manning », *NPR*, 19 septembre 2019.

Morgan Tual et Martin Untersinger, « Chelsea Manning, la lanceuse d'alerte de WikiLeaks, a été libérée », *Le Monde*, 17 mai 2017.

Kim Zetter et Kevin Poulsen, « "I can't believe what I'm confessing to you" : the WikiLeaks chats », *Wired*, 10 juin 2010.

« Hacker Lamo released on bail », *Computer Weekly*, 15 septembre 2003.

« États-Unis : traité comme un condamné à mort, Manning doit être relaxé, plaide son avocat », *Le Point*, 11 décembre 2012.

« Interview Adrian Lamo », *Frontline*, 24 mai 2011.

« Les "regrets" du pirate qui a trahi Bradley Manning », billet de blog, Big Browser, *Le Monde*, 19 décembre 2011.

« Un hacker modifie les infos de Yahoo », *Le Nouvel Observateur*, 25 septembre 2001.

Merci à Pierrick Bourgault, Suzanne Van Boxsom-Breneur et Romain Wenz pour leurs précieuses lectures.

Merci à Cédric Anger, Damien Lagogué, Philippe Lasry, Joseph Minster, David Thion, Yves Thomas et Delphine de Vigan.

Merci à Marguerite de Bengy, merci à Dorothée Cunéo.

Table

Conception graphique : Philippe Apeloig.
Composition : Utibi.
Imprimé par Grafica Veneta à Trebaseleghe (Pd).
Dépôt légal : janvier 2022.
Imprimé en Italie.
ISBN : 978-2-207-16412-9.

399279